石川達三

昭和の時代の良識

川上勉●著

萌書房

凡　例

一　石川達三の作品からの引用は、原則として『石川達三作品集』全二五巻、新潮社によった。

一　石川達三の文章は、戦後しばらくまで旧漢字、旧仮名遣いであるが、引用したテキストを尊重してそのままにした。

一　単行本および小説作品はすべて『　』で示した。評論、エセー類は「　」とした。

一　本書は注意を喚起するために傍点を多用しているが、明記がない場合すべて引用者によるものである。

一　引用文中のふりがなは原文のままである。また、〔　〕の部分は引用者による注記である。

一　引用文中に一部差別的用語がないわけではないが、差別的意図があったとは思われないので、そのままにしてある。

はじめに

第一回の芥川賞受賞が作家石川達三の実質的な出発であった。昭和十年（一九三五）、三〇歳のときである。それから三年後、雑誌『中央公論』に発表した『生きている兵隊』（昭和十三年二月）が官憲の検閲によって発禁処分を受けたことでも知られている。しかし、彼が次々に作品を発表し活躍したのはむしろ戦後になってからであり、とりわけ圧倒的多数の読者を獲得した『人間の壁』をはじめとする社会的、政治的題材を扱った小説は、他の追随を許さぬものがあった。こうして石川達三は、社会派作家、社会派小説の代表的存在と目されるようになり、その特色は亡くなるまで変わることはなかった。

石川達三には膨大な数の小説作品だけではなく、そのときどきに発表された数え切れないほどの社会批評、政治的発言のたぐいが存在する。これらをすべてまとめて製本化すれば、おそらく小説作品に匹敵するほどの冊数に達すると思われる。それほど彼は、現実に生起する大小さまざまな問題について敏感に反応し、即座に見解をまとめたのだった。この敏感に反応する感覚を支えていたのは、現実の諸問題に対応してどのように考えるのが適切かを判断する良識と、社会的な不正を許さない正義感であって、イデオロギーというよりは一種の倫理観であったように思われる。そして、この倫理観と密接不可分なのが、言論表現の自由を死守するという姿勢であり、一貫した原則的態度である。

彼の自由についての考え方は、一般に「二つの自由論」と評されているような独特のものである。自由を二種類に分ける考え方であるが、本書の重要な論点でもあるので、少し立ち入って紹介しておきたい。評論『生きるための自由』（昭和五十一年）によれば、自由をめぐって、権力者はそれを民衆から剥奪しようとし、民衆は自由を求め守ろうとするとしたあと、「民衆の要求する自由には、大きく分けて二種類ある」と考える。一つ目の自由について、生命を賭けて信教の自由を求めた切支丹の例を挙げて、こう述べている。

その一つは右の切支丹信者たちのように、親兄弟が殺されてもなお自分の信念を変えようとしない、そして踏絵を拒む、命がけの自由である。自分の魂を生かす為の最後の自由であり、ただ一つの自由である。この自由を守るためにはその他の一切を棄てようという自由である。（傍点原文のまま）

そして、それとは別種の自由を「末端の自由」と呼び、さらに二つの自由の関係についても書いている。

もう一つの自由は末端の自由、生活の幅をなるべく拡げて、好き勝手なことをしたいという贅沢《ぜいたく》な自由、我儘《わがまま》な自由である。前者は人間の生命が要求する自由であり、後者は人間の皮膚が要求する自由である。前者はいかなる犠牲を払っても守り通さなくてはならない自由であり、後者は、それが無くなったからと言っても多少窮屈なだけで、格別どうということも起こっては来ない、その程度の自由である。この二つの自由は明確に区別しておかなくてはならない。末端的な第二の自由をまるで第一の自由と同じように考えると、愚かしい混乱が生ずる。

このように自由を劃然と二つの種類に区別することに異論もあろうが、石川達三の主張はあくまでも言論表現の自由を第一義的に強調することにある。「最後の自由」「ただ一つの自由」と訴えている声が自らの体験を踏まえた痛切な叫びとして聞こえてくるようだ。

その叫びに似た未発表の原稿が終戦間近に書かれていた。『遺書』と題された、未完の不思議な小説原稿である。それは、昭和二十年六月に『毎日新聞』に依頼されて五回分の原稿まで準備されたが、内容があまりにも過激なために一回も掲載されずに終わったといういわくつきのものである。その経過も含めて、残されていた五回分の原稿は浜野健三郎の『評伝石川達三の世界』(昭和五十一年)に紹介された(翌五十二年には文春文庫の『不安と不信の時代に――自由への道程』に収録されている)。

新聞に連載予定だったこの作品は、小説のはずであるが、書き出しからしてフィクションというよりは、直接的、告白的な文体で書かれ、真に迫るものがある。作者は、まだ幼い子供たちに「お前たち」

と呼びかけて語りかけている。「恐らく私は今後あまり永くは生きておられまいと思う。その時の来ることを予想してお前たちの為に遺書を書く。（中略）お前たちが幸に日本人として成人することができたならば、在《あ》りし日の父の魂をこの遺書の中から掬《く》みとって貰いたいと思う」。これはどうやら本物の遺書のつもりであったと想像される。そして、戦時中の官憲による検閲に挑戦するかのようなことばを投げつけている。

文士の発言を封ずるには原稿の上に一本の赤線を引くだけで用は足りる。作家は極めて弱い立場に立っており何の実力をも持っては居ない。枯枝は燃えてかすかな灯し火をかかげ、虚しく消されてしまった。しかしながら私は敢てお前たちに言おう、一人の作家の発言を封ずることは、社会がその良心を抛棄することであるのだ。

あるいはまた、昭和十三年二月に『中央公論』に掲載した『生きている兵隊』が発禁処分を受けたこと（『命ある兵隊』と題名を変えている）にも触れて、「私は刑罰を恐ろしいとは思わなかった。ただ自分が精根を傾けて書いた『命ある兵隊』がその使命をはたし得ずに葬られて行くことを悲しんだ。かくて戦争の真実の姿は国民に知られることなく、飾られた言葉によって美しく歪められた報道しか与えられないのだ」と書いている。

これらの文章を一読しただけで、尋常一様の決意でこれを書いたのではないことがよく伝わってくる。あの検閲の厳しい時代にあって、発表することは不可能であることを予想しながら、思いのたけを家族宛という形式でぶちまけたもののように思われる。そういうふうに読めば、『遺書』はまことに率直な告白的作品なのである。それゆえ、自分の作品と文学活動とを素直に位置づけることもできたと思われる。「僅か十年に過ぎない私の文筆家としての生涯に若し意義ありとすれば、それは社会の不正に対する私の闘いであった」と述べ、具体的に三つの小説を自己評価している。

まず、処女作『蒼氓』（『民草』と言いかえている）について、「その当時夢のように美しく宣伝されていた南米移民事業の現実の姿を描き尽くそうと試みた」と書き、短編『深海魚』（『海底の魚』としている）について、「第二作『海底の魚』は都会の最下層に住むある娼婦の生活を描き、これを救おうとする医師の甲斐もなき努力を記して社会悪に一つの抗議を呈したものであった」としている。そして、「第三作『谷間の村』（『日陰の村』のこと）は水道貯水池工事にからむ当局者の冷酷な態度を憤り、村民の利益のために一臂の力を添えんとするものであった」と、執筆の意図を明確に書いている。

これらの、自作について書かれている素直な告白が明らかにしていることは、現実生活のなかに隠れている真実を描き出すことであり、社会の諸悪に対して抗議の意志を表明することであり、為政者の抑圧に対して国民を擁護する立場を打ち出すことであって、それこそ石川達三が社会派作家と呼ばれる所以《ゆえん》のものであった。『遺書』は、戦争の終盤で不測の事態に見舞われることを覚悟した作者の、文字通り真摯な、公表を不可能だと予想して書いた遺言という性格を持つ文章であった。

それから時間は飛んで、およそ四〇年後の昭和六十年五月に、「死を前にしての日記より」と題された遺稿が発表された（『新潮45』）。これは石川達三が死の前年に書いた日記の一部であり、これこそ正真正銘の遺書と言うべきものである。そのなかにこんな一節がある。

若い頃は趣味的であった。人生派と言うか、自分中心に愛とか恋とかを主題にした事が多かったようだ。しかしそれは私の本筋では無かった。完全に無名の時代から私はまるで違ったものを考えていた。それがはっきりした最初の作品は「日陰の村」「蒼氓」であった。此の時から私の作品は社会への抗議となり政治への怒りとなった。そして最後になってその性格は明確になった。「望みなきに非ず」となり「人間の壁」となった。つまりこのようにして私の作品は良きにつけ悪しきにつけ、私自身のものとなった。（『徴用日記その他』）

ほとんど死を目前にした時点で、彼は自分の作品が「社会への抗議」であり、「政治への怒り」の表現であったと述べ、そうした作品こそが「私自身のもの」だと言い切っている。五〇年を超える長年の文筆活動を通じて、しかも変転きわまりなかった昭和の時代にあって、社会や政治に対する抗議と怒りの意志を表明し、首尾一貫した主張を貫き通したその態度に、あらためて瞠目し、敬意を表さざるをえない。

だが、膨大な数にのぼる石川の小説をすべて社会派小説と見なすことができないのも事実である。というのも、昭和十三年に書かれた『結婚の生態』に始まって、戦後の『幸福の限界』、『泥にまみれて』、『充たされた生活』、『その愛は損か得か』などに連なる小説群は、結婚や家庭、恋愛などのテーマを扱い、とりわけ女性の生き方を探求した作品だからである。それゆえ、こうした傾向を持つ小説群は、社会派小説とは区別されるもう一つの系統と見なすのが適切であろう。

そのことは『結婚の生態』が執筆された事情からも推察されることである。前述のように、昭和十三年二月、『生きている兵隊』によって起訴され、それまで書いてきた『蒼氓』や『日陰の村』などの社会問題を扱った作品は書きづらくなっていたのである。そこで、いわば窮余の一策として全く異なったテーマを取り上げたのが『結婚の生態』だった。作者が、社会性をできるだけ排して、家庭内の個人的な生活を中心に書こうとしたことは明らかである。

このように、石川達三の膨大な量の小説群は、おおまかに言って、社会や政治を扱った作品と、女性の生き方をテーマにした作品の二つの系統に分けて読むことができる。これら二つの傾向を持った小説は容易に交錯することはなく、それぞれ相対的に独自な作品群を形成しているし、また、その文体も微妙に変化しているのである。

たしかに二つの系統の作品は並行的に書かれていて、作品の数だけから見れば後者の傾向のものの方が多いかもしれないが、しかし、今日の時点で評価すべきなのは、社会的、政治的傾向を持った小説であると考える。なぜなら、昭和という時代の特徴と意味をより鮮明に映し出しているのはこれらの作品だと思われるからであり、また、小説としての構成上の工夫や取材に手間暇をかけたのも、これらの作品の方だからである。

もちろん、石川文学の世界は多様であって、いま述べた二つの系統だけに収まり切れるものではない。たとえば、女性の生き方をテーマにした作品とは逆に、男の論理を優先させた『四十八歳の抵抗』や『傷だらけの山河』、あるいは芥川龍之介の『藪の中』を思わせる、複数の視点からなる実験的小説『神坂四郎の犯罪』、そして空想的小説『最後の共和国』など、分類の仕方によってはいろいろな方法が可能であろう。いずれにしても本書で取り上げた作品は、その広大な文学世界に比してごく小さな部分にすぎない。

本書の狙いは、石川達三の小説作品に描かれた人間関係と、作品に影響を与えた戦後昭和の時代性とを、具体的な作品を通して読み取ろうとするものであって、作家の伝記や書誌的部分にはほとんど触れてはいない。むしろ、彼が自分自身の作品に解説を加えた『実験的小説論』や『作中人物』などを多く利用している。その理由は、彼が自分自身の作品についての解説や論評のたぐいを、比較的客観的に、懇切に書き加えている稀有な作家に属すると思われるからである。

タイトルについても一言触れておきたい。石川達三という作家は、『人間の壁』に典型的に見られるように、既成の小説の概念に全く捉われない作品を書いたが、小説以外の文章でも、常識に捉われることなく歯に衣着せぬ発言を繰り返した。そうした態度の根底には、社会的正義感といったものが存在すると思われるが、その発言の内容が、今日の時点から見れば、時代の特徴をうまく表現する、たいへん良識的なものであり、いわば時代の良識と言えるものなのである。それゆえ、「昭和の時代の良識」ということばをもって、本書の意図するところを表わしたいと思う。

石川達三　昭和の時代の良識＊目次

石川達三　昭和の時代の良識

序章　文学の新しい道

――昭和十年代の小説――

石川達三は、昭和五年にブラジルへ渡航した頃の自分を振り返って、「出世作のころ」（『読売新聞』昭和四十三年）のなかでこんなふうに回想している。「中央公論社や改造社の懸賞小説に応募したこともあり、新聞社に原稿をもって行ったこともある。しかし何の手ごたえもなかった。私は気を腐らして映画俳優になってやろうと思い、松竹蒲田撮影所へ行ってみたこともある。南米移民の船に便乗してブラジルへ行こうと思い立ったのも、そうした気持の迷いからであり、若気の至りでもあった」。そして彼は、昭和五年三月からおよそ半年間、移民集団といっしょにブラジルに渡航し、その紀行文を雑誌『国民時論』に送り続けた。それをまとめて刊行したのが『最近南米往来記』（昭文閣、昭和六年。以下『往来記』と略記）である。

この紀行文がのちに『蒼氓』執筆の際に大いに役立ったであろうことは、両者を読み比べてみれば一目瞭然である。しかし、手記のたぐいが小説作品へと変貌するまでの過程には、小説の生成に欠かせない、並々ならぬ工夫と腐心を必要としたはずである。そのことを具体的に見てみよう。

たとえば、『往来記』第一章は、神戸港に全国から集合してきた一千人の農民たちの置かれた状況をこう表現している。

日本よさらばである、実《げ》にも日本よさらばである。瑞穂《みずほ》の国日本は文化日々に盛んである。七千万の人々が生を楽しんでいる。それだのになぜに彼らは外国へ出て行くのであるか。何ゆえにかかる憂鬱を経験しなければならないのか。

彼らはそれを知らない。知らないから平和でいる。だが私は知っている。日に日に廻転速度を増す文明日本の、その廻転の遠心力を支え切れずに抛《ほう》り出された者――それがこの一千人なんだ。抛り出されたことも知らずに「自分で働きに行くんだ」と彼らは言う。誰が彼らをそうさせたか――私は言いたくない。（中公文庫版）

二五歳の若書きとしか言いようのないこの文章は、日本を文化の発達した、文明が急速に進歩する国と捉え、その進歩からはみ出た犠牲者としてブラジル移民たちを位置づけながら、出発直前の移民たちの精神状態を、「憂鬱」という、文学的抽象的なことばで表わそうとしている。

ここで注目すべきことが二点ある。一つは、「私は知っている」「私は言いたくない」と、「私」を主語にした表現が二度繰り返されていることである。これらの表現からは、移民たちは知らないが私の方は知っているという含意と、移民たちは自らの意志でブラジルへ働きに行くつもりでいるが、真の原因については、（私は知っているけれども）言いたくないという意味とが読み取れる。まさに上から目線そのものであり、作者の若書きは、自分だけはよく事情をわきまえていると言わんばかりである。そして、この目線が変化をとげて作中人物の目線に移行するとき、小説が成立することになる。

もう一つの問題は、「私」の存在に関わる。この文章は紀行文であり、いわば手記であるから、「私」が登場しても、それは全く筆者の自由であり、何の問題もない。しかし、小説の場合には、言うまでもないことだが、「私」がどのような扱いになるかは重要な文学成立の条件となる。

小説作品の『蒼氓』は、移民集団のなかの一家族である佐藤孫市、お夏姉弟の視点も採り入れられてはいるが、いずれにしても「私」の視点は完全に消去されて、客観的小説となっている。『往来記』からの「私」の視点の消滅こそ、小説作品が完成へと向かう過程であった。「私」を排除することによって石川達三は、日本の伝統的な小説手法である私小説を否定しながら、なおかつ、それまでに隆盛を誇っていたプロレタリア文学の方法とも違ったかたちで、社会的問題を作品化する道を歩み出したのである。芥川賞の受賞は、そういう彼の方法が社会的、文学的な評価を受けたという意味で瞠目すべき出来事だった。

1 『蒼氓』（第一部〜第三部）

(1)作者自身による『蒼氓』

第一回の芥川賞を受賞した『蒼氓』についてはこれまで多くの論者によって取り上げられているし、何よりも著者自身がさまざまに触れている。回想文「出世作のころ」によると、『蒼氓』という聞き慣れない題名をつけた理由が次のように説明されている。当初「蒼生」というタイトルが浮かんだので辞書を見ると、「蒼氓」に同じと書いてあった。「氓」とは中国古代の土地制度に由来することばで、人口の多い農村から人口の少ない農村に移住する農民たちのことを「氓」と呼んだというのである。そして、石川は、「蒼氓は蒼生に同じであって、しかも氓には移住者の意味がある。これこそ私のさがしていた言葉であった」と書いている。この説明からもわかるように、小説『蒼氓』の狙いは、ブラジルへ渡る農民移住者たちを描くこと、特定の個人ではなく、集団としての農民を描くことにあったということである。

さらに石川は、自分自身が約半年間移民の一員としてブラジルに渡った経験について触れながら、こう書いている。

〔神戸の移民収容所に〕全国の農村から集まった千人以上の農民家族は、みな家を捨て田畑を捨てて、起死回生の地を南米に求めようという必死の人たちだった。その貧しさ、そのみじめさ。日本の政治と日本の経済とのあらゆる「手落ち」が、彼らをして郷土を捨てさせ異国へ流れて行かせるのだった。移民とは口実で、本当は「棄民だ」と言われていた。（「出世作のころ」）

この文章は戦後も二〇年以上経ってから書かれたもので、昭和五年当時、とりわけ日本の政治や経済の責任についての言及など、石川にどこまで深い認識があったか疑問がないわけではない。いずれにしても、彼が非常に多くの貧しい農民家族の姿を目の当たりにして、日本の農業全体の厳しい現実を思い知らされたことは間違いない。

昭和五年当時、日本は依然として農業国であり、農林・漁業労働者の総数は約一〇三〇万人、全有業者の三四・一％を占めていた。この農・漁業者に対する経済不況の影響は最も厳しいものがあった。昭和五年から六年にかけての「昭和の恐慌」と呼ばれる時代の特徴を、歴史家はこう説明している。「昭和恐慌の特徴は、この最大の人口および有業人口をかかえる農漁村がもっとも深刻な打撃をうけ、日本資本主義の構造的な弱さを世界経済のなかでいっきょに露呈させたところにあった」（中村政則『昭和の恐慌』）。

つまり、世界経済のなかでも「構造的な弱さ」の欠陥が際立っていた日本の経済が最も甚大な不況に陥ったのであって、そのことが「棄民」とまで言われたブラジル移民を生み出したのである。それは日本での生活に見切りをつけ、郷土を離れざるをえない家族ぐるみの移動であって、個人的な理由に由来するものではない。

こうして『蒼氓』は、小説の中心が家族という集団によって描かれる特異な作品となったのであり、そこに最大の特徴があった。石川達三は、個人よりも家族を一つの単位として取り上げる独特の方法を選択したのである。家族の内部を構成する個々人の関係よりも、家族全体がいわば作中人物として取り扱われれば、文学の伝統的な手法である人間の心理描写よりも家族集団の置かれた状況の方が描写の中心となる。芥川賞の選評で久米正雄が「心理の推移の描き足りなさや、稍々粗野な筆致など、欠点はハッキリしている」と述べているのは、伝統的な文学観に照らして物足りなさを訴えたものと解されるだろうし、さらに、同じ選考委員のひとり川端康成が受賞作を意識的に無視するかのように、石川達三の作品についてはほとんど触れずに、「高見順氏の『故旧忘れ得べき』は最も面白く読んだ。或いは『蒼氓』より高く買われ得べきであろう」と述べているのは、川端の文学観の率直な表現であったと言えるだろう。

その高見順は、昭和十四年に執筆した文芸時評のなかで石川達三を取り上げ、こんな評価を下している。「石川氏の文学は、所謂純文学といふのとは違ったところに立ってゐる。その違ひを通俗的と見るのはどんなものかと最近私は考へてゐる。氏の純文学は通俗的といふより所謂純文学と違ったものなのだ」。あるいはまた、石川文学の特徴について、「氏の文学は視野が広い。外延的で動的だ。純文学の伝統の、静的で内攻的なのと文学的体質を異にする」（『私の小説勉強』）という言い方もしている。高見の見方に従えば、『蒼氓』は有力な文学賞ならば当然重視するはずの純文学から逸脱するような、異質な小説であった。第一回の芥川賞は、従来の枠にとらわれない、新しい文学の可能性を期待して与えられたと考えることができる。

ところで、石川達三自身は自己の文学的特徴をどのように考えていたのだろうか。受賞当時彼は殊勝にも、「受賞に一種の逡巡を感じ、自分の作品に自信が持てない」などと述べていたが、のちに先達との違いを明確に語るようになる。たとえば、「出世作のころ」と前後して書かれた『経験的小説論』（昭和四十四年一一月～『文学界』）のなかでは、「私は川端康成、堀辰雄の文学的傾向を否定する気持ちは少しもなかった。私も時には美しく香気に満ちた短編を書きたいという気持ちは有ったし、今もまだ持ち続けているが、いよいよ書くという時になるとそれだけでは物足りなくなり、欲が深くなり、そして芸術的には「邪道」に踏み込んで行く。結局私はその邪道を以て自分の本道とするより他はないようであった」。彼がここで「邪道」ということばを使っているのは、自分の文学が日本文学の主流ではなく、伝統的な文学の道からは外れていると意識しているからだが、とはいえ、彼が自分の文学的方法に確信を持っていることにかわりはない。同じ『経験的小説論』のなかでこう書いているからだ。

『蒼氓』はこれら農村出身の移民集団を描くことによって、政府の移民政策に一種の抗議をするような性格をもっていた。そして最初に世間で認められた私の作品が『蒼氓』であったということは、いささか象徴的でもあった。権力に対する庶民的な抵抗という姿勢は、ほとんど私の作家としての全生涯を通じて変らなかった。

たしかにこの小説は「農村出身の移民集団」全体を問題としており、題材においても作中人物においても特徴的な作品であり、それが芥川賞を受賞したということは、いろんな意味で「象徴的」な出来事であった。そして、この移民集団が出発前に聞かされていた宣伝文句とは裏腹に、実際に体験せざるをえなかったさまざまな辛苦を考えれば、作品の底流に「政府の移民政策に一種の抗議」を投げかけていると言えないことはない。だが、小説に描かれた農民たちは、政府の提供する移民補助金を頼りとし、柔順に移民輸送監督や係官の指示に従うだけである。「権力に対する庶民的な抵抗」という点は、どう見ても作者が後年になって書き加えた都合のいい注釈と言わざるをえない。なぜなら、この作品が第二部「南海航路」、第三部「声無き民」を合わせて刊行されたとき、作者自身が序文のなかで「第一部を発表当時、これは政府の移民政策への反抗であるといふ風な評を聞き、やや心外に思ってゐた」と書き、さらに「作者は政府の方針を特に支持もしなかったが反対もしなかった。ただ自己の眼をもって大移住の真実を見たいと思った」（新潮社版、昭和十四年）と述べているからである。権力に対する抵抗などと強引に主張しなくとも、『蒼氓』は、昭和前期における日本の経済政策の最大の犠牲者たちを赤裸々に描いた小説として、石川達三の社会派小説の出発を飾るに相応しい、注目すべき作品であることは間違いない。

(2) 小説の構成

芥川賞の対象となったのは、昭和十年四月に同人誌『星座』に掲載された『蒼氓』第一部だけであるが、石川は、第二部「南海航路」をおよそ四年後の十四年二月から四回にわたって雑誌『長編文庫』に、そして第三部「声無き民」を同誌七月号に発表した。ここで確認しておきたいことは、第一部と第二部執筆までにかなり時間的な間隔が空いているが、作者の意識のなかでは、第一部から第三部までが当初から一つのまとまりを持った作品として構想されていたということである。『蒼氓』第一部は一三〇枚ばかりの作品であるが、彼は「その時から私は第二部と第三部合計三百枚ばかりのものを書き継いで行く予定をもっていた」(『経験的小説論』)と、わざわざ書いているからだ。つまり、『蒼氓』は第一部だけでは完結しないものとして、最初から第三部までの構成が視野に入っていたと想定される。それはある意味で当然のことであろう。なぜなら、日本人のブラジル移民は、すでに明治四十一年(一九〇八)から始まっており、昭和八年(一九三三)にはブラジル移民二五周年祭が開催されている。第一部では、神戸の移民収容所を舞台として、全国の農村から集まってきた移民志望者たちの身体検査や渡航手続き、移住者の家庭の事情あるいは精神的不安などが描かれている。それぞれの渡航者にとっては人生で初めての海外生活であるとしても、日本からの移民そのものはもう何十年も経験済みのことである。それゆえ、神戸港からの出港の様子を描くだけではいかにも中途半端であり、ブラジルへ到着したあとの彼らの生活まで見とどけなければ作品として成立しないことになる。こうして作者は、第一部から第三部までをまとまった全体として意識し、その出来栄えについて自分なりの評価を下している。

蒼氓の第二部「南海航路」第三部「声なき民」は、第一部の受賞から二年ぐらい経って書き継いだものだった。その二年のあいだに私はかなり多くの作品を次々と雑誌に発表し、作品が「人中に出た」ときの手ざわりを知り、内容についての整理の仕方、取捨選択の仕方にも経験をもった。したがって私としては、この三部作は終わりに近づくほど良くなって来たと思っている。良くなると共に少しずつ地味になり、見せかけやぎらぎらと油の浮いたような筆つきが無くなってきたように思う。

（『経験的小説論』）

実際、第一部から第三部が発表されるまでのあいだに、彼は、長編『日陰の村』や短編『深海魚』などかなりの数の作品を執筆している。そしてこの引用文は、雑誌に発表された自分の作品が読者からどのような反応を得ているかに注意を払っている作者の姿を彷彿とさせるし、『蒼氓』が後半になるほど順調に筆が進んでいったことを示している。ここで作者が指摘している「見せかけ」や「ぎらぎらと油の浮いたような筆つき」とは具体的にどこの部分を指しているのかはっきりしないが、たとえば、第一部の前半で、神戸三宮駅から海外移民収容所のある建物までの途中で、新聞の号外売りが鈴の音を響かせて叫んでいる場面がある。号外は、ロンドン軍縮会議の模様や、イギリスの軍事予算の増額、現職の文部大臣の汚職疑惑と起訴拘留などを伝えている。その様子を小説は、「物情騒然として暗澹たる中に胸を指すような鋭い号外の鈴の音が絶えず移民の自動車の行列を突っ切って走っているのだ」と描写している。ロンドン会議や文部大臣の辞表提出といった政治的事件は、なるほどその時代の特徴を示す事例には違いないが、しかしそれらは、ブラジル移民たちが直面している不安や困難とは直接関係するとは思われない。新聞の号外というかたちで政治的事件を羅列することは、どう見ても政治性の「見せかけ」にしかすぎないだろう。

　第三部では、多くの移民家族のなかから佐藤・門馬一家に焦点をしぼって、この一家がサント・アントニオ農場に定着するまでの様子が描かれている。そのぶん作品としてまとまったストーリーになっている。移民家族はそれぞれに事情を抱えているが、この家族も当初から問題を抱えた家族として登場していた。すなわち、佐藤家の姉弟お夏と孫市は両親を亡くして他に肉親はいないが、孫市はもうすぐ徴兵検査を受けなければならない年齢で、この検査を逃れるために移民を希望している。そして、紡績工場で働いている姉お夏を無理矢理説得して門馬家の長男勝治と偽装結婚させ、夫婦とその家族という名目で渡航費の補助を得ようとしている。お夏は、ブラジルに着いたら勝治との結婚を解消し、一年後には帰国するという約束でブラジル行きを承諾したのだった。しかし、ブラジルの開拓地に着いてみると、とても一年で帰国できるような環境ではないことを思い知らされ、勝治との結婚を正式に受け入れることになる。このような状況の変化は、彼らが移民を出稼ぎと考えていた立場から、ブラジルの地へ定着する決心を固める立場へと変化したことを意味する。サント・アントニオ農場に着いてから三日目の朝、お夏の心境がこんなふうに描写されている。

こうして日がな一日紫赤土《テーラ・ロツシヤ》にまみれての労働の中にも、他人にはわからない多くの幸福がある。むしろ意外なほど純粋な幸福、原始人のような幸福がありそうであった。新移民《ノーポ》たちが日本から描いて来た数々の夢は幻となって消えたが、消えたあとに残る他の幸福があることがおぼろげながらわかって来た。

石川達三は、ブラジル移民がさまざまな困苦を抱えながらも新しい天地で逞しく生きていく姿を、幸福ということばを繰り返しながら期待を込めて描こうとしている。それは日本での生活とは貧しさの質が違う世界であった。「貧しいことはいかにも貧しいが、しかし文明国家の下積みになっている貧乏暮しとは随分違った暮し方」なのである。

(3) いま『蒼氓』をどう読むか

『蒼氓』執筆の動機が作者自身のブラジル渡航経験にあることは言うまでもない。「出世作のころ」では、神戸の移民収容所に全国から集まってきた多くの貧しい農民たちの姿に衝撃を受けたことが書くことの責任意識をもたらしたと述べられている。

私はこれまでに、こんな巨大な日本の現実を目にしたことはなかった。そしてこの衝撃を、私は書かなければならぬと思った。これを書くだけの力はない。しかしいつの日か、何とかして書かなくてはならぬと思った。私はこの時はじめて「作家」になったかも知れない。（「出世作のころ」）

ここで「作家になった」と言われていることの意味は、どのような現実を、どのように作品化するかということが、自分なりに自覚されてきたということであろう。石川達三は、雨に濡れた移民収容所で激しい衝撃を受けたのであり、そこに日本の現実の縮図を見たと思ったのである。そして、小説を書くとすれば、この現実を作品化する以外にはないと考えたのである。しかし彼は、自分自身を作中人物化するという方法は取らなかった。つまり、自らが体験した現実を私小説的に語るという手法を否定して、ひたすら移民する農民たちと移民会社の関係者による物語を構成したのである。このように、小説が作家の身辺雑記をこととするのに厭きたらず、日本社会の現実を取り上げ、この社会のなかで生きている人間の姿を描くことに作家の使命を見出す方法は、その後の日本文学がさらに継続的に追求していくべき課題であった、と思われる。

ところが、彼が採用した方法には当初から厳しい批判があったことも事実である。たとえば、批評家高田瑞穂は『展望現代日本文学』（昭和十六年）のなかで、『蒼氓』の序文の一節を取り上げて、「現実とは描かる可き存在であらうか。眺めるもの悉くは本当に描き得るのであらうか」と疑問を呈し、さらに「石川氏にとっては、現実は常に描かるべきものとして在った。眺めさへすれば描ける。そして現実は眺めた通りに在る。これが氏のリアリズムの基本精神であった。現実を直視して逡がぬと言はれる氏のリアリズムとは、実は作家にとって危険極る一種の現実蔑視に他ならなかった」と決めつけている。ここには現実を描くという文学の在り方に対するアレルギーのようなものがまずあって、どこが「現実蔑視」なのか、その根拠がまったく示されてはいない。

言うまでもなく、石川達三の方法に何の問題もないというわけではない。最も目につく問題点は、現実を批判的に見ているのは作者ひとりであって、作中人物たちはほとんど現実を批判的に見るどころか、現実を客観的に見ているかどうかさえ危ういということである。農民たちが貧困と生活不安、さらに将来への絶望へと追い詰められている現実に対して、作者が投げかけている批判はよくわかる。しかし、農民自身は自分たちの惨状に対して怒りを表現することもなければ、いったい誰によって自分たちがこのような状態に追いやられているのか考えようともしない。彼らはすべて受動的であり、無批判的である。その典型が、弟に説得されて偽装結婚までしてブラジル行きを承諾するお夏という女性だ。石川達三は、自作の作中人物についての明快な解説書とも言うべき『作中人物』（昭和四十五年）のなかで、お夏について、「彼女は何も言うことは無かった。……と言うよりも、自分で決断をつけられない女だった。何事も運命のままに流れて行く女。自分から運命を切りひらく人ではなくて、与えられた運命を甘受して行く、それだけの女だった。自分の意志をもたない女」と説明している。戦前社会の旧弊たるモラルが支配している農村の女性とはいえ、これではあまりにも女性の柔順さが誇張されすぎていると言えなくもない。

小説が社会的小説と評価されるには、作者だけでなく作中人物もまた自分の考えによって社会を批判的に見るような姿勢を持たなければならないだろう。それこそ小説のダイナミズムというものである。石川達三の社会的小説のダイナミズムが『蒼氓』以降どのように追求されていくかが注目される。

2 『日陰の村』

(1) 短編『深海魚』のこと

芥川賞を受賞したあと、注目を浴びる存在となった新進作家にとって、次に発表する作品が相当の重荷となってのしかかってきたことは間違いない。『文藝春秋』誌に掲載すべき作品のために四苦八苦した様子を、石川はその後いろんな機会に書いている。昭和十一年一月号の『文藝春秋』に発表した『深海魚』について、わずか七〇枚ばかり書くのに三ヶ月もかかったとして、「それだけの日数をかけて苦労したのは八月に与えられた芥川賞に対する私の義務感からであった」(『経験的小説論』)と記している。たしかに短編『深海魚』は、作品としてはよくまとまっており、芥川賞作家の自負が感じられる。

主人公の児島医師は、ある日、「法律の光の届かない海の底に住む、深海魚類にも似た」ひとりの娼婦を診察して、しばらく入院して休養するように奨める。しかし彼女は、働かなければ食っていけないとばかり病院を逃げ出してしまう。生半可なヒューマニズムから救いの手を差し伸べた医師の善意は見事に裏切られたのである。それにしても、小説の後半での児島医師の描写は、いささか安易な表現に流れているように見える。

医師は自分の考えが間違っていた事に気がついた。看護婦を叱《しか》る必要も無かった。このままでいい、このままでいいのだ。この現実の社会の複雑さと広さとを訂正しようなどとは大それた考えであった。彼は貧しい敬虔《けいけん》な、それ故に涙ぐましい程の平和な心になって窓を離れると、絶望的に聴診器を振りまわしながら廊下に出て来た。

作者は、主人公児島医師の心と行動を描写するために、それこそ「涙ぐましい程の」努力を払っていると感じられるが、ここに示されている医師のイメージは、どう見ても散漫である。「この現実の社会の複雑さと広さ」を描こうとすれば、短編小説ではどうしても捉え切ることのできない限界があるというほかはない。こうして、次に取り組んだのが、民衆の複雑な利害が入り組んだ長編『日陰の村』であった。

作者自身の説明によれば、『日陰の村』のモデルである東京市小河内村へ実際に足を運んで取材を開始したのは、昭和十二年一月である（同じ月に『深海魚』が雑誌に発表された）。何回か現地に出かけたあと、六月に一ヶ月かけて一気に書き上げたという。

ところで、小説『日陰の村』の結末は、昭和十二年春までに東京市水道局と小河内村との話し合いが決着を見て、村民たちが思い思いに村を離れるところで終わっている。そもそもダム計画が持ち上がったのは昭和五年、爾来およそ七年間にわたる長い紛争の経過があった。それゆえ、昭和十二年六月に書き上げられたこの小説は、一つの村落をめぐって、小説の始まる時点からおよそ七年間の時間の流れと、そのなかの人間集団の動きとをどのように再構成するかが課題となっていた。

(2)人間集団の描き方

この時期の石川達三は、人間個人の心理よりも、人間集団の動向を描くことに関心の重点が向かっているように見える。それだけ、人間集団の背景をなす時代的特徴や歴史の流れを小説のなかに取り入れることが要求されることにもなる。『蒼氓』第一部に引き続き、『日陰の村』によって彼はこの文学的方法を追求し、深めていくことになる。

言うまでもなく、この文学的方法は最初から確立されていたわけではない。『日陰の村』執筆中における模索の様子が次のように語られているからだ。

〔『日陰の村』を〕半分あまり書いたとき、私はかなり苦しい反省に陥った。私の書いているのは「創作」ではなくて記録にすぎないのではなかろうか……という疑問であった。事件はかくれもない事実であり、現に進行中のものである。従って勝手なフィクションは許されない。事件の推移、その期日、交渉の経過等は動かすことのできない杭《くい》であった。私の仕事はその杭と杭とをつないで細い綱を張って行く作業に過ぎないように思われて、苦悩した。そうした苦悩は社会で起った現実の問題を書くときには、常につきまとう一つの懐疑であった。（『経験的小説論』）

小説家が、全くの創作ではなく、現に進行中のものであれすでに完了した過去の出来事であれ、現実に生起した事実を小説の題材として取り上げるとき、言うまでもなく、そこには一つの選択がすでになされている。彼は、その現実に生起した事実について、それを作品化したいという並々ならぬ関心を抱いたはずだからである。その関心を突き詰めていけば、その事実に対して一つの判断と態度とを取らざるをえない。初めは足を使って調べ、記録するにしても、調べた事実に対して自分なりの評価と意味とを付与するのでなければ作品を構成したことにはならない。調べた結果を記録することが課題であるドキュメンタリーの場合でも、記録者の主観が全く排除された作品というものはありえない。まして小説作品の場合には、作家の主観的な評価を書き加えるのでなければ、それは退屈な読み物で終わってしまう。

石川達三が執筆の途中で「苦しい反省に陥った」のは、ダム建設の用地をめぐる東京市水道局と小河内村住民たちとの交渉や確執に対して、作家としてどのような判断と評価を下すかという迷いに陥ったからである。彼は「苦しい反省」からどのように抜け出したのか。そのヒントを、「調べた小説」について書いた文章が与えている。「作家たるものは時間をかけ足を使い、調べられるだけ調べて作品を書くことが、彼の良心であろうと思う。但し調べさえすればいいというものではない。その調べた資料をどれだけ自分のものに消化してしまうかという所に問題がある」(前掲書)。「自分のものに消化」するとは、現実に生起した事実に対して、自分なりの判断と評価を下すことにほかならない。そして、作家は事実の網目から評価の糸口を発見しようとするのだ。それこそ作家としての「良心」というものだろう。

(3) 物語の特徴

この物語は、東京市の人口増加のせいで、多量の水資源を確保しなければならないという時代的要請がそもそもの発端である。そして、貯水池の候補として、多摩川上流の小河内村一帯が選ばれた。大都市の発展のために全村落がまるごと移転しなければならない宿命を受け入れざるをえないところから、小説は始まっている。小河内村村長の小沢市平は、「大乗的見地」からこの宿命を受け入れ、東京市水道の犠牲となることを容認する。だが、物語は小沢村長が主人公ではなく、むしろ多くの村びと全体が主人公であり、人間集団が主人公として描かれている点では、『蒼氓』と共通している。違うのは、『蒼氓』の農民たちが全国から集まってきた移民希望者であり、故郷を捨てる悲哀よりもブラジルという新天地に不安な期待を寄せているのに対して、小河内村の人々は、自分たちの村落が湖底に沈むのを強制的に承諾させられ、しかも所有地の代金や移転の保証金がいくら支払われるのかもわからない危機的状況に立たされているところにある。

この物語には主として三つの特徴を指摘できる。その一つは、当初は人望の篤い小沢村長の説得もあって柔順で温厚だった住民たちが、建設計画の遅れとともに次第に不安と焦燥に駆られて、村民大会を開催し、東京まで交渉に出かけようとして起ち上がる、その行動にある。農民蜂起とも言えるその暴動の責任は、どう見ても計画をいたずらに遅延させている水道局の側にあり、当局は遅れの状況を村民に説明する機会さえ持とうとしていない。ひたすら小沢村長が陳情に走り回っている様子だけが描かれている。いつの時代も変わらぬお役所仕事と言ってすまされない事態に対して、作者はまだ十分その問題点を把握し切れず、描写もいささか機械的、形式的なように見える。たとえばこんな場面がある。小沢村長が陳情のために水道局まで出張して、水道拡張課長と面会すべく長いあいだ待たされている。敏腕と評判の大野水道拡張課長は出張から戻ってくると、村長に向かって、「や。……今は困るね。明日にしてくれ給え」と言って、さっさと立ち去る。その態度の描写はこうである。

それはまぎれもなく「官吏」であった。何十年にわたって温順な国民に向って示して来たあの常に不機嫌な、威厳をつくろった、何一つ見せたがらない韜晦《とうかい》癖の、その伝統を確実に証明する、常に非情の鎧《よろい》に身を堅めた「官吏」の態度であった。

ことばを尽くして批判しているように見えるが、これはあまりにも紋切り型の「官吏」の説明である。このような表面的、形式的な官吏批判からは、問題の所在も解決の糸口も見えてはこない。それゆえ、この小説では、小河内村の住民と東京市との対立の構図は十分描かれているとは言えない。

物語の第二の特徴は、ダム建設が何年にもわたって先送りされているうちに、村民のあいだで、土地を多く所有している富裕層と、土地の少ない貧困層との分裂が生じたことである。土地の収用が先延ばしされているうちに、いままで見たこともないような銀行や金融業者が村に出入りするようになり、土地の少ない村民ほど生活のために借金を重ねていく。一方、富裕層は、このあとの土地買収金を当て込んで、土地を少しでも多く買い取ろうとしている。こうして、村民のあいだに格差が生じ、住民の利害は対立し、団結は崩れていく。しかし、住民たちは、いずれ村落全体が接収されれば、何処ともなくばらばらに離散していく運命にあることを知っているので、この利害の対立は決定的な抗争にまで発展することはない。

『蒼氓』とは違って、集団のなかに対立と分裂が生じ、それが小説の展開にとって重要な要素となっていることは、作者の社会を見る眼がそれだけ深化していることと合わせて、作中人物たちのあいだにも批判的な目が生じていることを物語っている。

第三の特徴として、時代的な背景を導入する描き方について触れておかなければならない。『蒼氓』では、経済不況が農村を直撃し、日本各地の農民の少なからぬ部分がブラジルに新天地を求めていった様相を描いているが、『日陰の村』では、東京という大都市の暮らしを支えるために、山村の住民が生活を犠牲にしなければならない時代的背景を描いている。前述のように、『蒼氓』では時代の動きが新聞の号外のかたちで織り込まれるにすぎなかったが、『日陰の村』では、東京府と神奈川県の対立と知事の交代、村長の息子小沢市之助の出征の様子、昭和十一年の二・二六事件や、岡田内閣から広田内閣への政権交代など、時代の動きが具体的に扱われている。つまり、時代的背景が村びとたちの生活と結びついて取り上げられているのだ。こうして、『日陰の村』では、作中人物たちが社会状況を批判的に見る態度をかなり明瞭に描いているばかりでなく、時代的背景と物語の展開とが密接につながっており、石川達三の社会的小説の方法は、その点で進展を見せていると言うことができる。

3　『結婚の生態』

『生きている兵隊』を掲載した昭和十三年三月号の『中央公論』が即日発売禁止となり、石川達三は起訴されて、最終的に禁錮四ヶ月、執行猶予三年の判決を受けた。この裁判沙汰のせいで原稿依頼が激減してしまったという。注意しておくべきことは、『蒼氓』『日陰の村』と社会的な問題をテーマとして書き続けてきた執筆活動が、そのために制限され、これまでとは全く違った書き方を余儀なくされたことであった。いわば執筆上の閉塞状態に陥れられたのだ。こういう状態のなかで彼が見出した方法とは、自らの結婚体験を通して夫婦生活の問題を描くという、社会的テーマとはかけ離れた私小説的な作品の追求であった。そして、速筆の石川は、半年足らずのあいだに三〇〇枚以上に及ぶ書き下ろしの長編『結婚の生態』を一気に書き上げ、昭和十三年十一月に刊行した。これは、彼がそれまで否定的であった私小説風の長編であるが、何よりも留意すべきことは、この作品によって爾後の石川文学の基本的テーマの一つとなる、結婚や女性の生き方の問題が浮かび上がり、定着したことである。結婚や家庭の問題を考える原型をこの小説のなかに読むことができるようになったのは、如上の執筆の経緯から見れば半ば偶然と言えないこともないが、ここに石川文学の基本テーマの一つが成立したことに注目しなければならない。

⑴ 現実主義の文学

ここに塩澤実信の『ベストセラー昭和史』という便利な本がある。年度毎にベストセラーとなった作品十点を順位をつけて列記したものであるが、ただし、戦前については、売れた部数が正確にはわからないとして、各年度に話題となり、よく売れたとされるものを五点並列的にピックアップしてある。昭和十三年には、『結婚の生態』のほかに、火野葦平『麦と兵隊』、『土と兵隊』、小川正子『小島の春』、H・ミッチェル『風と共に去りぬ』がある。石川達三の戦前の作品では、昭和十年に『蒼氓』が尾崎士郎の『人生劇場』などと並んで挙がっている。『結婚の生態』は戦前によく読まれたばかりでなく、戦後も引き続いて読まれたことを著者自身が書いている。「この作品がその後三十幾年にわたって絶えず版を重ねて来たことの秘密は、「私」という主人公のきまじめな試行錯誤の姿が、一種独得のリアリティを持ったためではなかったかと思う」(『経験的小説論』)。

「一種独得のリアリティ」とは具体的にはどういうことだろうか。それを考えるには、浜野健三郎の次の文章がヒントになる。「石川達三は、多くの作家たちが常識的だとして顧みない実生活を大胆に描くことによって、文学の原点を改めて再確認すると同時に、読者に作品に参加する喜びを与えた」(『石川達三の世界』)。

「一種独得のリアリティ」とは、浜野が言う「実生活を大胆に描く」ということとほとんど同じであろうが、この場合の「実生活を描く」とは、伝統的な日本の私小説の方法、すなわち作家たるものは高踏遊民のような現実離れした生活を描くべきであって、日常生活における家計や育児、妻の教育などに心を砕いている姿を描くべきではないという考え方を逆転させて、日々繰り返される一般庶民の日常生活を描くことにこそ文学の意味を見出すべきだということなのである。そして、「文学の原点」とはドラスティックな表現だが、要するに、「一種独得のリアリティ」を持った石川達三の文学観を肯定するかどうか選択的意味を込めて述べられていると思われる。それゆえ、当時の文学批評は、この「一種独得のリアリティ」をめぐって、それぞれの立場を表明しようとしていた。たとえば、評論家窪川鶴次郎は論文「現代小説の新性格」のなかで、「〔『結婚の生態』は〕石川氏の現実主義者としての極端な面のサムプルみたいなものかも知れない」と書き、さらに「〔この小説の〕中心的意義は文学的意図が美事に実生活のための情熱の要因になってゐるといふことである。この作品の持つ所謂現実的な生々しさや、逞しさが、従来の文学的情熱とは全く相反する情熱に基づいてゐる」と、石川の「現実主義」の特徴を説明している（『再説現代の文学論』）。

さらに、同時代の作家高見順は、そうした生々しさ、逞しさが石川の内在的な自信からきているとして、次のように評価している。「玄人筋では通俗的だと言はれながら読者からは歓迎されてゐる、といふのが通俗的な為だと見る人もあろう。だが私はかう考へてゐる。氏の強い自信が自づと小説の内部に作用してゐる力強さ、逞しさ、明快さ、健康美――作家の自信が小説の内部に放つところの光彩、それが一種の魅力と成ってゐるのではないのか」（『私の小説勉強』）。

「作家の自信」と言われているもの、他の作家が持ち合わせてはいない力強さや健康性こそ石川文学の魅力であり、それがとりわけ若い読者から受け入れられる理由だというのである。作家の自信は、実生活を尊重する石川達三の現実主義から獲得されたものと言うべきだろう。

(2)男の身勝手

平成の時代においては男性は草食系などと呼ばれるようになった。いまの時代から見ると、『結婚の生態』の主人公は力強く、逞しいというよりは、不遜で、横柄ですらある。

主人公は作家で、三十三歳にしてようやく結婚に踏み切る。この主人公が他の男性と違っているのは、結婚の第一日から「私は自分が生涯妻に満足していられるようにまず妻を育てなくてはならない」と決心することである。「妻を育てる」とは滑稽と思われるほどに不遜な表現であるが、このことばが意味するところは以下のようなものである。

先ず、あらゆる意味で妻を賢明な女に育てること。そして女を賢明ならしめる第一の条件は正しい理屈に服するだけの心の冷静さをつくること、理性の力をもたせること、知的な光をもってその心を照らすことであると私は考えていた。感情ばかりに支配されている者に進歩はない。女子教育は無意味だという説はここに強い拠点をもっている。正しい理論に服する心は一つの美徳でさえもある。

「心の冷静さ」とか「理性の力」とか「知的な光」などと理屈をつけているが、要するに、新婚の妻に服従を強いているにすぎないとも言える男の身勝手な論理である。この身勝手は、生活の大事な局面でその本質を表わす。C雑誌社と約束を結んで、特派記者として従軍することを決めた場面などがその例である。意気揚々と帰宅して、妻に向かって「おい、漢口へ行くぞ、漢口へ！」と告げる良人《おっと》に対して、妻の其志子は珍しく不満を述べる。それは日頃の鬱積が一気に弾けたような調子である。

「こういう場合に行ってはいけないと私がいうことはできないの?」（中略）

「だけど私は不要心で不便でさびしい二ヶ月を送るのよ。二ヶ月といえばとても永いわ。それに他の旅行と違って戦争でしょう。それでも私は黙っていなければならないのかしら。わたし女房って詰らん商売だと思うわ。行くなとはいわないけれど、行くと決定する前には、女房の許可を仰いでもいいはずなんだがな」

主人公は、従軍記者の話が出る以前に、同じC社の雑誌に発表した小説のせいで裁判沙汰となり、C社の編集者ともども有罪判決を受けたばかりだった。漢口行きは名誉挽回の絶好のチャンスであり、渡りに船とばかりに即座に承諾したのだった。それゆえ、彼の態度は頑なである。少し長くなるがその部分を引用する。主人公も自認している「封建的な男子専制」の態度と論理をむき出しにして、弁明し、開き直り、エゴイズムをあらわにしている。

いかにもこれは私の手落ちであったかもしれない。しかし私は相談してから決定しようとは思いはしなかった。即座に決心はきまったのだ。私は妻を無視していた。妻の不平は一応は尤もである。けれども私は妻を無視したことを敢えて悪いとは思わなかった。そして私がどれほど妻と家庭とに忠実な良人であるにもせよ、漢口戦線への従軍は男子一生の大事を前にして妻の意見を徴してから態度を決するほどに間のびのした人間ではない。敢然として妻子を無視するほどの心のはげしさは失っていなかった。

こういう私の態度はいかにも封建的な男子専制の色をおびている。私はやはり我儘な身勝手な良人であるかもしれない。しかしながら所謂《いわゆる》男女同権なるものが、かくの如《ごと》き場合に良人を束縛するものであるならば、結婚は男子の一生を無為無能ならしめるおそれがある。私はむしろ野心満々たる独身生活の方を希望する。

それにしても、いくら筆の勢いとはいえ、「野心満々たる独身生活の方を希望する」は、言いすぎだろう。このあと主人公は追い打ちをかけるように、「男は、その魂を社会全体と対立させて生きる、そこに張りあいがある。生き甲斐がある。(中略) いざというときには、女はすてられるものなのだ」と書くにいたっては、それまでの物語がぶち壊しになってしまう。まさに、男の身勝手は、女性に対する侮蔑的態度というレベルから、小説の構成そのものの破綻にまで行きついてしまいかねない。

従軍記者として中国の戦線へ赴くことは命がけの任務であり、本人にとっては「男子一生の大事業」と思われるのももっともであるかもしれない。しかし、誤解をおそれずに言えば、作家の戦場報告はそれがどのようなものであれ、結果的には侵略戦争に荷担するものと言わざるをえず、わざわざ生命をかけて取り組むべき仕事かどうか疑問である。

(3)家庭の秩序

『結婚の生態』が新婚生活の日常を具体的に描いているように見えながら、どこか観念的で、非現実的な印象を与えるのは、おそらく、作者自身も「この小説は大変に理屈っぽい文章で書かれている」(『経験的小説論』)と指摘しているように、論理の展開が未整理なところがあるからだろう。

たとえば、この小説の重要な意味の一つであるが、主人公は夫婦関係について、考え方の上でも実生活の上でも小説の初めと終わりとでは大きな変化を見せている。その変化とは、およそ二年間の結婚生活から生じたもので、ある意味で単純な変化にすぎないとも言えるものなのだが、その説明がいかにも観念的なのである。主人公が結婚するときに自らに課した信条とは、「愛は惜しみなく奪う」というが、それは動物的な愛であり高い文化人はそれにふさわしい愛の方法をもつべきである。奪う愛には平和がない。真の愛は与え育てるものであるべきだ」というものだった。だが、現実の結婚生活でのさまざまな体験を通して、いまでは全く逆の考え方をするようになった。「要するに奪う愛の必要さを認めることに帰ってきた。誰でもがしって、誰でもが行なっているこの単純なことが、いままで私にはできなかった。大きな回り道である。私は奪われる幸福を発見した」。

そもそも夫婦の愛情というものは、相互的、補完的なものであって、奪うとか奪われるといった、あるいは「与え育てる」といったものではないはずである。それをいかにも大きな発見であるかのごとくに語るところに、主人公の理屈っぽさがあり、分析癖がある。しかし、分析癖は同時に観察の鋭さともなる。

私に内蔵之助の専横な伝統があると同時に、彼女には内蔵之助の妻の従順な服従の伝統がある。ただ、彼女の新しさは服従の気持を口に出していうだけの自由さをもっていることである。

夫婦関係についての冷静な観察であるだけでなく、家庭生活における女性の自由というものへの主人公の関心の高さを証明しているだろう。

石川達三は、この作品によって、自らの小説の基本的テーマのなかに、結婚や家庭を含む男女関係の問題を導入することになった。この小説で、最初の章から「良き生活」を築くためとか、「良き生活」

のためには良い秩序が必要だとか、「良き生活」ということばがしきりと用いられているが、それを言いかえて「理想の家庭をつくる」とも述べられている。結婚とは一つの家庭を築くことであるが、どうやら石川は、結婚生活を送ることは、家庭の秩序を維持するためであると捉えているらしい。ひたすら妻の教育にこだわるのは、家庭が秩序あるものになることを願望しているからにほかならない。ところが、家庭の秩序とは、たえずその崩壊の危機に直面しているものでもある。そして、いろいろな事情で結婚生活を実現することができず、家庭の秩序が成立しないままに母と子が道をさまよっているような物語が『母系家族』（昭和十五年）であった。

4 『母系家族』

(1)二つの主題

この小説の二人の主人公高村晞三と最上葵は、それぞれ母子家庭で育っている。高村は弁護士をしているが、本職とは別に薫風寮という母子専用の住宅を所有し、経営している。そして、シングルマザーを援助するためには「母子保護法」の制定が欠かせないという考えから、国政選挙に出馬する意欲を持ち、実際に静岡県での補欠選挙に立候補する。一方最上葵は、高村弁護士の秘書兼薫風寮の事務員として勤務し、高村の理想を応援している。

母子家庭という環境がどのような影響をもたらすかは人さまざまであろうが、この小説では、高村の母親の、「私もねえ、二十九の年に主人に死なれて、二人の子供をかかえてねえ、辛い思いをしましたよ。主人の扶助料が少しばかり有ったので生きて行くだけのことは何とかなりましたけれど、頼りないもんでしてねえ。……」ということばを受けて、高村は自分の気持ちを次のように説明している。「僕が弁護士になって離婚訴訟なんかを扱う気になったのも、薫風寮をこしらえる気になったのも、いま母が話したような生《お》い立ちから来ているんですよ。自分たちと同じような不幸な立場の人のために働いて見たかったんだね」。それに対して葵も、「私もそうですわ。父が居なくなって、姉と二人で母に育てられて、その苦労はよく知って居ますから。……私は一生この仕事をやって行きたいと思っていますの」。このような短い会話でお互いの境遇を理解し合っているのは、いささか安易な描写と言えないこともないが、物語がこのような二人の主人公をめぐって展開している以上、母子家庭は重要なテーマ設定なのは間違いない。

この小説には二つの主題がある。一つは高村兄弟と最上姉妹の四人をめぐる物語であり、いま一つは薫風寮に居住する女性たちをめぐる物語である。

高村晞三の兄で、高校生のときに雨宮家の養子となった雨宮章爾と、葵の姉で章爾の秘書をしている最上恒美をめぐる話は通俗小説そのものといったところだが、恒美は章爾の子供を身籠もった上に、結婚を断られる。最終的に、子供の生命は助かるが母親恒美は出産と同時に死んでしまう。

この小説でも、男の身勝手な理由によって、女性は子供を妊娠しながら結婚できないという悲劇が描かれる。作者は、妊娠・出産という宿命がどんなに女性を不幸に陥れるかを表現しようとしている。

⑵シングルマザーの生き方

もう一つの主題である薫風寮に住む若い母親たちの生き方は、四人の女性によって彩られている。まず、養育費請求訴訟の相談のために高村弁護士を訪れる鮫島まさ代がいる。勝ち気で、利己的なこの女性は、独身の男性では飽きたらず、妻子のある男と付き合い、そのあげくに子供をもうけてしまう。そして、子供を人にあずけたまま、性懲りもなく有利な結婚相手を探している。ところが、久しぶりに出会った以前の男がすでに妻を亡くしたことを知って、強引に結婚を迫るという、言ってみれば結婚だけを目的としているようなタイプの女性である。

時代の移り変わりが女性の考え方にも変化をもたらす。そのことを作者は、高村晞三の台詞を借りてこう表現している。

「僕の母の時代には、子供を離れて母の幸福は無いと考えられていたが、今はもっと個人主義で、子供を離れなくては自分の幸福はないと思っている。幸福の性質が違うんだ。結婚生活にはいって派手な幸福を味わいたい。そこで再婚のためには子供から離れたくなる。」

同じように、子供を抱えながら結婚相手を見つけることに狂奔している女性に牧場多恵子がいる。彼女は見合いを繰り返しているが、そのたびに子供がいるという理由で話は壊れる。ようやく自分が働いて子供と二人で生きていこうと決心したところで、中年の警察官との再婚話が成立する。彼女には、おそらく、平穏な日常生活が待っているのだろう。

もうひとりの作中人物今野つね子の場合は、子供が大好きということばにつられて結婚詐欺に会い、預金をそっくり欺し取られてしまう悲劇に見舞われる。子供連れ大歓迎ということばに騙されてしまったのである。

それとは別に、依田春子の例も描かれている。彼女は看護婦をしていたときに、自分から誘惑するかのように病院長と関係を持ち、子供をもうけてしまう。それからは送られてくる養育費で無為な生活を過ごしている。そして、病院長の死後その遺産の一部を手に入れたらしく、急に羽振りが良くなって意気揚々と薫風寮から去っていくのである。

こうした女性たちを最も身近なところから見てきた最上葵は、こう言わざるをえない。「女が一生の幸不幸を賭《か》けて結婚しようとするのは、随分危険ですね。男は結婚にそんな大きな賭はしていませんわ。女ももっと他に、もっと大きい幸福を探さなくてはいけないのではないでしょうか」。

「もっと大きい幸福」とは、おそらく、女性が自分のやりたい仕事によって思う存分実力を発揮しうる職業に就くことだろう。そのことは、この『母系家族』が書かれた昭和十五年の時代だけではなく、平成の現代も変わらぬ課題となっている。別の言い方をすれば、石川達三は、昭和、平成の時代に共通してほとんど変わらぬテーマを追求してきたということになる。家庭生活と女性の自立の問題は、いわばいつの時代にもつきまとう永遠のテーマなのである。それはたとえば、高村晞三の次のことばのなかに示されているだろう。

「今のような荒々しい時代には、経済上の変動がはげしいし、道徳観念は変化して来たし、結婚生活というものが昔のように平和には行かない。日本古来の家族制度が日々に崩壊して行きつつある。この状態はほとんど不可抗的な大きな流れになって進行しているんですね。そしてこういう時代には、男も不幸だが女は一層不幸ですよ。家庭には安住できなくなる女が多い。女も働かなくては生きて行けない。その場合に子供のある女はどうすればいいんだ。……嵐《あらし》を凌《しの》いで生きて行くためには、手足まといなものは棄てられなくてはならない。」

人類の歴史が始まって以来、女性は妊娠し、出産するという宿命を背負っている。男女平等を言うまえに、この宿命を確認した上で女性の生き方を考えざるをえない。それは恋愛の場合にも、結婚の場合にも、家庭を営む場合にも変わらぬ原則である。石川達三の、とりわけ戦後の作品においては、いたずらに女性の自由や解放を追求することに対する厳しい批判が頻出する。その理由は、一口に言えば、この原則の立場をしっかり確認するところからきているように思われる。『結婚の生態』における男の身勝手な論理から一歩進めて、女性本来の生き方をテーマに設定したところに『母系家族』の意義がある。

第一章　新しい戦後

――『望みなきに非ず』――

太平洋戦争の終末頃、石川達三は『毎日新聞』に『成瀬南平の行状』と題する小説を連載していた。それは昭和二十年七月十四日から一五回続いたあと中断してしまったが、検閲に引っかかったために、それだけ連載するのに二五日もかかったという。掲載されずに残された原稿も含めて、この小説が、内容から見ても八月十五日をはさんで執筆されていたことは明らかで、八月十五日以降に書かれた部分は「望みなきに非ず」という章題がつけられている。この原稿は昭和五十一年に、浜野健三郎の『評伝石川達三の世界』で紹介され、翌五十二年に文春文庫『不信と不安の季節に――自由への道程』に収録された。おそらく八月十五日から間を置かずに執筆されたと思われるこの「望みなきに非ず」は、石川達三の敗戦直後の心境を率直に表現したものと考えて間違いない。この文章の冒頭には、主人公成瀬南平の思いがこう綴られている。「失意のどん底にある日本人を導いて、新しき国家の道を示し新しき生活の道をあたえてくれる真に強力な指導者がほしい」。主人公は敗戦という事態を前にして反省することしきりなのであるが、しかし、評価すべきなのは、敗戦と同時に思考を将来に向けている、その転回の早さである。成瀬南平は次のように考える。

いや、過去は問うまい。過去は怒りと嘆きに充ちている。問題は将来だ。日本の将来に、望みがないのではない。日本は決して滅亡したのではない。新しき日本がこれから建設されるのだ。再建の道はたしかに有る、確実に有る！　むしろ純粋なものとなって、不純な一切のものを洗い去った建国当時の理想に即して、日本を建てなおす道は有るのだ。三千年の国家は一朝にして失せるものではない。古河に水は涸《か》れず滾々《こんこん》として地下に湧きつづける常に新しい国家の生命があるはずだ。

部分的には戦前の旧い歴史観も残存してるが、それはともかくとして、この文章が八月十五日の直後に書かれたものとしては、いち早く日本の将来を見据え、「新しい国家の生命」を信じ、日本の再建を目指していることに注目したい。「望みなきに非ず」とは、敗戦の失意と混乱のなかで、自分個人のレベルではなく日本国民の問題として将来へ希望を託している表現にほかならない。成瀬南平が、小説『望みなきに非ず』の主人公伊吹元海軍大佐と共通するところを探し出すことも無意味ではないが、そのことよりも、長編『望みなきに非ず』が「新しき日本がこれから建設される」という展望のもとに執筆されたことを強調しておきたい。新しい日本の建設とは生半可な課題ではない。作者が新しい日本を担う作中人物として最初に描いたのが、後述するように若い女性たちであったことは興味深い。

1　戦後の再出発――『一家創立』

石川達三は、昭和二十二年に、精力的に四つの長編小説を連載した。『春が咲かせた花』（『新大阪』）、『ろまんの残党』（『芸術』）、『幸福の限界』（『中京新聞』）、『望みなきに非ず』（『読売新聞』）である。四作ともその年に単行本として刊行されている。この章では、当時最もよく読まれた『望みなきに非ず』を中心に、戦後まもない石川の小説世界を論じるが、その前に注目したいのは、戦後最初に書かれた短編『一家創立』とその主人公竹下順子である。

石川達三の著作年譜を眺めていて驚くことがいくつかあるが、その一つは、終戦直後の数年間に、彼が戦前に執筆し刊行した小説のほとんどが続々と再刊されていることである。雑誌に掲載されるや即日発売禁止となり、終戦まで刊行されることのなかった『生きている兵隊』が、いち早く昭和二十年十二月に出版されたのはむしろ待ち望まれたことであり、また、第一回芥川賞受賞作である『蒼氓』がいくつかの出版社から再刊されたのも頷けるとしても、それ以外の戦前の作品がさまざまな出版社から次々に刊行されていることに、正直なところ驚かされる。その理由を推測してみるに、「反軍的内容をもった時局柄不穏当な作品」と見なされて発売禁止処分を受け、裁判にまでなったあの『生きている兵隊』の作者として、終戦とともにあらためて注目されたことが考えられる。しかし、何よりも彼の戦前の小説が戦後社会においてもそのまま受け入れられるような斬新さを保っていたことがその理由であるだろう。これらのことが意味しているのは、石川の作品が戦前、戦後を通して、基本的に変わることなく文学的一貫性を保っていたということである。彼には戦時中の姿勢が戦後になって一変するといった変貌は見られなかった。

終戦と同時に満を持して発表されたのが、昭和二十年十月号の『新生』誌に掲載された『一家創立』という短編であった。終戦直後の第一作であり、文学的再出発を意味するこの作品は、終戦前後の、ひとりの未亡人の生き方を描いたものである。作者はのちに自分の短編について、次のように懇切丁寧な作品の梗概を書いている。

Aは B と結婚を望んだが両親が許さなかった。二人は同棲《どうせい》したが、やがてAは出征し戦死する。Bは生れた子に戸籍がないのでAの親に入籍を懇願するが、拒絶された。Bの両親はカナダにいて消息不明となっているために、子供をBの戸籍に入れることもできない。ところが戦争が終ってから、二人だけになったAの両親は、改めてBの産んだ子を引き取ろうと言って来るが、このときBは敢然として拒絶する。（『経験的小説論』）

このあらすじは旧民法の規定にもとづいて書かれているのでわかりにくいのであるが、Aは小説のなかでは牧野克幸であり、Bは主人公の竹下順子である。また、この要領よくまとめられた梗概だけではなく、作品の狙いについても解説が施されている。

> 敗戦と同時に生れ、そして一家を創立して戸主となったこの子に、全く新しい日本人というものを想定してみたかった。この子に託して生れ変った新しい日本を考えて見たかった。同じような立場の子供は何千人何万人も居たはずである。彼等によって、家の殼、社会の殼、政治の殼、古い殼をことごとく脱ぎ棄《す》てた新しい社会を期待してみたかった。（同上書）

これだけ懇切な、作者自身による説明を施されると、われわれ読者はそれを全面的に信用し肯定するしかないように思われる。しかし、作者自身によっていくら詳細に解説されたとしても、それで十分だということにならないのが文学の特徴というものであり、そこに批評の存在する余地がある。

たしかに、作者自身が言うように、戦後の新しい社会は、生まれたばかりの、過去の日本に捉われない子供の成長に期待がかかるのは事実だろう。だが、その期待の結果が現れるのは、この子供が大人になるはずの二〇年後、三〇年後の社会ということになる。問題なのは、しかし、いまなのではないのか。そして、いま、子供に期待を寄せているのは誰なのか。小説の末尾の文章に注目しよう。「この子がどのような生涯を送って行くであろうか。……それを考えると彼女は明るい大きな希望に胸幅がひろがるような気がするのであった」。

この子供が成人に達するまでのあいだに、日本はどのように変わっているか、それを見守っているのは、主人公竹下順子を含む母親たちであり、いまの大人たち以外にはないはずである。それゆえ、この短編は主人公竹下順子の生き方に関わる問題を提示していると読むべきなのだ。現に、物語の冒頭の一節は次のように書き始められている。

戦争が、沢山の恋愛関係を中断させた。国内に残された娘たちは自己の責任において、その後始末をしなければならなかった。この不幸のなかから生活に対する反省がうまれ、古い社会に対する反抗が芽生えた。聡明《そうめい》な、進取的な女たちは日本の廃墟《はいきょ》の上に新しい風俗を造り、新しい生き方を見つけ出して行くのだ。

この冒頭の一節は、主人公竹下順子がどのようにして「新しい生き方を見つけ出して行く」のかという問題を、小説の冒頭で提起したものである。そして、引用した作者の梗概にも示されているような経緯があって、彼女が老夫婦の申し出を「敢然として拒絶する」という結末に至る。つまり彼女は、「古い社会に対する反抗」を実践している。当然のことながら、母親というものは将来にわたって子供に期待するものであるが、この物語の主人公はあくまでも母親たる竹下順子であり、彼女自身がこの先、幼い子供を抱えてどのように戦後社会を生きていくのかが問われることになる。

ところで、この短編のなかにすでに石川達三の「終戦観」の特徴とでも言えるものが表現されていると思われるので、その点に触れておきたい。

彼の考え方の根底には、戦後の新しい日本と言われるけれども、それはすっかり新しいものが登場するわけではなくて、戦前・戦中から準備されていたものもあるという主張が存在する。つまり、戦前から引き継ぐものを強調することにつながる。たとえば、終戦の街に平和が甦り、人々は明るさと安全を回復し、幸福を取り戻し始めた。そのことが、この短編ではこんなふうに書かれている。

……市民は失った幸福をとり戻しはじめていた。それは国家から自分を引きはなした心境であった。しかしそれは終戦によって始めて生じた気持ちではなくて、戦争の半ば頃から人々の心の底に培われて来た感情であった。人民の心は政府をはなれ軍部をはなれていた。敗戦が却って人々を幸福にしたのであった。

人々の心が「政府をはなれ軍部をはなれ」たのは戦後ではなくて、「戦争の半ば頃から」であったということが、わざわざ述べられている。石川はどうしてもこのことをどこかで書いておきたかったのだと推測される。なぜなら、昭和二十二年に執筆される『望みなきに非ず』はそのことを意識して書かれているからである。

2 『望みなきに非ず』

⑴終戦直後を彩る人物たち

長編小説『望みなきに非ず』は昭和二十二年七月十六日から十一月二十二日まで『読売新聞』に連載された。この小説には、終戦直後のわが国で見られた特徴的な人物たちが登場する。それを五つのタイプに分けて見てみよう。

第一は、元海軍大佐で、いまは失職中の矢吹である。彼は公職追放処分を受けた身であり、就職の当てもなく無聊な生活をかこっている。働く意欲もあまりないが、家族を養わなければならないという気持ちだけは強い。

第二は、矢吹の妻加津子や戦争未亡人副島多岐子に代表される女性で、戦後になって急に叫ばれるようになった女性解放や自由な生活を享受しているように見える。加津子は夫より一三歳も若く、大学生とダンスに興じているほど生活に屈託がない。

第三は、矢吹家に下宿している大学生の大野木や彼の部屋に転がり込んでいる友人たちである。この若い世代は何を目的に暮らしているのかはっきりせず、やたらと新しい法律を盾に取って理屈をこね、自分の権利だけを主張して、相手の迷惑を全く考えることもない。

第四は、かつての矢吹大佐の部下で、いまは闇市で商売をしている浜崎や、戦後の商売でにわか成金になった犬飼といった人物で、彼らは戦後の混乱期を巧みに泳いで生きている。

第五は、矢吹の高校生の娘直江と、浜崎の妹須美子である。彼女たちは、次の日本を背負う最も新しい世代として登場している。

これらの人物たちを作者はどのようなスタンスで描いているだろうか。戦後まもなく八雲書店から全一四巻の予定で刊行された『石川達三選集』（ただし第四巻と第一二巻は未刊）の第一三巻「序」のなかで、作者は、「私は敢て自分一個の見解や初心を露出することを避け、むしろ客観的な態度で、世相のスペクタクルを描くやうなつもりで此の作品を書いた。登場人物のどの一人をも特に愛することなしに、どの一人をも特に主人公と定めることもなしに、ただ戦後の各人の姿を静かに外部から撮影するやうなつもりで書いた」と解説している。

「特に主人公と定め」た人物はいないと述べられているが、一読すれば明らかなように、主人公は元海軍大佐の矢吹である。同じ「序」のなかで作者が、「職を失った元軍人に対する世間の憎悪のきびしい時代であった。私は敢てその憎悪に反抗した。（中略）世俗の手きびしい批難から彼等を保護することの出来る者は、小説家だけではなかったらうか。（中略）戦後に於ける彼等を、脱落から救い上げて同胞の手の中に返し、協力者の一人として再起を求める事もまた、私の良心であり正義感であった」と書いて、作者の意図を明確にしているからである。

このいささか気負った文章は小説家の役割を強調しすぎたところもあるが、それはそれとして、この小説は、失意に打ちひしがれた主人公が、海軍時代の部下の奨めや協力を得ながら、戦後のバラックで商売を開始して人生の再出発をするところで終わっている。人生は望みなきに非ずというわけである。

どうやら石川達三は、戦争の途中で「政府をはなれ軍部をはなれて」いた人々の心が、終戦と同時にあまりにも解放に浮かれすぎ、自由を謳歌しすぎていることに対して、厳しい批判的な目を注いでいる。元軍人に対する同情的な視線はその裏返しにほかならない。

物語のなかの矢吹元海軍大佐は、いまは公職追放の身であり、収入もなく落魄の生活を送っている。下宿させている学生やその仲間たちからだけではなく、妻からも疎んじられ、軽くあしらわれている。妻から軽んじられている様子は、過去の生活と対比して鮮やかに描かれる。

「出かけるんですか」と加津子夫人が違い棚にふきんをかけながら言った。かつて矢吹さんが軍令部の課長であったり、艦長であったりしたときには（お出かけになりますか）と淑《しと》やかな口を利いていたが、公職追放の今日では敬語が省略されている。（傍点原文のまま）

この光景はいまの夫婦関係を象徴的に示しているが、作者はそれを軽いタッチで皮肉に描いている。それは、この文章に続く矢吹元大佐の心境を説明する一節を読めばよくわかる。

敬語を省略した妻の心を矢吹さんは少しも責めようとは思わない。昔の威厳を失った良人は、むかしの貞淑さを妻に求める資格はあるまい。これは世の変遷に伴うささやかな嘆きの歌である。

矢吹元大佐の、いささか物悲しいアイロニーである。アイロニーと言えば、この小説の登場人物の多くがアイロニカルな筆致で描かれている。加津子夫人や隣りに住む多岐子未亡人もそうだし、大野木君や彼の二人の友人丸山君、坂本君もまさに戯画的に描かれている。矢吹から「三匹の狸」と呼ばれて、矢吹邸の一室を占拠しているこの三人の若者は、何事につけ新しい法律の知識を振りかざして自分だけの権利を主張している現代風青年にほかならない。以下は、主人公矢吹が若者たちの理不尽な要求に屈して、自家の水道や庭の畑の一部を使用させることになった場面での矢吹の心境である。

彼等青年たちの民主主義はありとあらゆるものを奪い取り、侵略する。そしてこの侵略を以て正義なりと呼号する。日本の侵略戦争を聖戦と称したいわゆる軍閥者流と大変よく似ている。誰が彼等に正義の旗を与えたのか、誰が彼等にこれほどの権力と信念とを与えたのか。（中略）新時代の哲学はかくの如くにして育ち、かくの如くにして栄えて行くであろう。

これは風刺というよりは戯画である。あるいは、世代の違いを痛感している矢吹の自棄的な嘆きである。ここで誇張的に「新時代の哲学」と皮肉に言われているものが、その後のわが国でどのように展開していったかを追求することは興味深い課題であるかもしれないが、ここではこれ以上触れないことにする。

『望みなきに非ず』は、そのタイトルが予言しているように、戦争による荒廃からの再生の物語ではあるが、これまですでに見たように、単純な再生物語ではない。

この小説のなかで、唯一救いと思われるものは若い二人の女性である。ひとりは矢吹の娘直江で、小説の途中にはほとんど登場しないが、最終の場面では重要な役割を果たしている。彼女は、自分の父親が商売を始める決心をしたとき、「学校をやめて、お父さんのお店を手伝ってもいい」と言いだし、「お父さまが気の毒で、見て居られない」と言うのである。それは、父に対して非協力的で自分勝手な母親に対する批難であると同時に、一から出直そうとしている父親への理解を示して、母の反省を求めている。ふだん何も気づいていないようでいながら、両親の生活態度を冷静に見ている彼女の目は、おそらく、日本社会の将来についても正しく見据えていくに違いない。

もうひとりの若い女性浜崎須美子もまた、これからの社会に明るい希望をもたらしてくれる人物として描かれている。それまで、まわりの若者や女性たちに辟易していた矢吹は、混沌とした戦後社会にあって、純真さを失わずに素直に生きている若い須美子の存在に感動する。そして、最大級の期待を寄せている。すなわち、「この完全に純潔な新しい魂が日本の焼土のうえに緑を茂らせてゆくのではあるまいか」。

彼が新しく商売を始めることができるのも、この女の子が店を手伝ってくれるからだろう。これら二人の若い女性は、物語のなかではほんの端役にすぎないが、作者はこれからの日本社会にとって大事な存在として登場させているように見える。

敗残の良人を顧みることもなく、女性解放を満喫して生きていた加津子夫人も、物語の最後では娘のことばに影響されて、良人のもとに弁当を運び、ソロバンをはじくようになる。しかし、「こんなお仕事、あなたには勿体ないわ」と言う。どうやら地道に働くことの意味がまだ彼女には理解できないらしい。

そして、何事にもやる気のない大野木学生は、もとはと言えば、戦争中に勤労動員されて川崎の製鉄所で懸命に働いていた。だが、敗戦の詔勅を聞いたとたん緊張の糸が切れてしまったのだ。それ以来何をやってもつまらない。戦後を生きる彼の精神状態は、「工場生活のときと同じようにこの心を燃え立たせるものは、もはや日本中どこにも無いような気がする。彼は灰色になった人生を眺めている」といった具合である。その彼が、物語の終わりでは学生生活をやめ、工場で働くと言う。がむしゃらに働くことで生きる希望を見出したいと思うようになる。ニヒリズムに陥った大野木にも「望みなきに非ず」ということばが該当する。

⑵文体と風刺

これらの人物たちを描く作者の文体は、客観的な観察であると同時に批判的であり、またユーモラスでコミカルでもある（主人公の元海軍大佐を矢吹さんと書いているのもどこかコミカルな印象を与えている）。しかし、ユーモアは行きすぎると陳腐で漫画的な表現となることもある。たとえば、矢吹の、精気のない様子がこんなふうに描かれる場面。

良人《おっと》は公職追放の身で、尾羽うち枯らしたという姿である。（中略）左手は神経痛で雨の来るまえには帯も結べないという始末である。昼飯の代用食の腹具合も面白くない。胃腸までが怠惰になったらしい。からだじゅうの一切の機関が労働組合を組織して、支配勢力たる矢吹大佐の軍人精神に対しサボタージュをはじめたような気がする。

傍点部分は、この小説が執筆された昭和二十二年当時の世相を反映した表現と考えられるが、今日の時点から見れば、いかにも陳腐な比喩表現にすぎない。時代を直接反映しているようで、実際には時間の経過とともに古くさくなってしまった。

ところで、この文章をよく読むと大変奇妙な気がする。というのは、「良人は公職追放の身で、尾羽うち枯らしたという姿である」という表現は、どう見ても妻加津子から見た良人の姿としか受け取ることができない。それゆえ、「サボタージュをはじめたような気がする」のも、妻が良人を観察しているように感じられるのだが、必ずしもそうでもないらしい。矢吹元大佐が自分自身のことを言っているとも取れるのである。というのは、この文章に続いて「就職運動に行かなくてはならないのだが、行って見ても駄目だろうという気がする」と書かれており、これは明らかに矢吹元大佐が自分のことを言っているからだ。こういう文体転換の自由さは作者が意識的に狙ったものに違いない。

文体について、石川達三は『経験的小説論』のなかで、さまざまな工夫を凝らしてきたことを書いている。たとえば、『青色革命』（昭和二十七年）の一節を紹介しながら、誰の発言かわからないような「出所不明の文章」を説明して、このような文章は『望みなきに非ず』のなかで初めて用いたと述べている。すなわち、「主人公矢吹さんの感想のなかに他の文章がはいり込んだようでもあり、作者の饒舌《じょうぜつ》のようでもある。そして出所不明のままで一種独特な（小説の肌ざわり）を作り出している」というのである（石川達三は自己のあらゆる文章のなかで丸括弧を特徴的に使っているが、この部分は普通はカギ括弧を用いて強調するところである）。これを見ても明らかなように、石川達三は意識的に、出所不明の自由な文体を活用していることがわかる。彼の表現に従えば、「一種独特な小説の肌ざわり」を求めているのである。

あらためて、今日の時点からこの小説を取り上げる意味は何だろうかと考えてみる。これまでこの小説についての一般的な評価は、当時の世相を映し出しているということが主な論点だったと言える。たとえば、正宗白鳥は、新聞連載の切り抜きを集めて読んだとして、次のような感想を発表している（『中央公論』昭和二十三年一月号）。この老大家はかなり詳しくあらすじや内容について書いたあと、結論としてこんなふうに書いている。「〔石川達三氏は〕今日の世相をこの作品に有り有りと現はさんといふ創作欲に刺激されてゐたのにちがひない。その目的は相当に達せられたのであらう。しかし、私は読み終わって感銘の甚だ乏しき思ひをした」と書き、その理由と思われる点について、「『望みなきに非ず』のやうな形で、社会の事相を取入れる作品のみが栄えて行く訳ではあるまい。かういふ作風は上っ面だけの社会描写で底の浅いものになる恐れのあることは明らかである」としている。少々遠慮がちな書き方ではあるが、要するに、世相描写の限界といったものを指摘しているのである。

しかしこの小説を、世相を描いたもの、社会事象の描写とだけ捉えるのが正しいかどうか。作者自身が先に引用した八雲書店版の「序」のなかで「世相のスペクタクル」と書いていたし、また、新潮社版『石川達三作品集』第三巻月報（昭和四十七年四月）のなかでも、「『望みなきに非ず』という小説を私は、あの敗戦直後の世相に対する風刺小説として、もう一度正しく読んでもらいたいと思っている」と書いて、世相に対する風刺小説であることを強調している。

文学のテーマとしての「世相」は、広義には人生のあらゆる問題を包含していると言っていいが、この小説は主人公矢吹の生き方を取り扱い、また、元海軍大佐としての責任を問われて公職追放処分を受けたことを扱っているのだから、そのことだけをとってみても、これは明らかに思想の問題に関係すると言えよう。石川自身が、すでに触れたように、元軍人の扱いについて、「私の良心であり、正義感」であると見栄を切っていたのではなかったか。作家の良心をかけ、正義感にもとづいて執筆された作品ということになれば、ただ世相を映しただけの風俗小説というわけにはいかない。

(3)軍人と戦争責任

石川達三は、書くことの目的を強く意識した作家であった。彼はさまざまなところで、自分は何のために書くのかをはっきりさせてから小説を執筆する、と繰り返し強調している。たとえば、

私は小説を書く前に、何を目的に書くかということを考えずにいられない。何のために書くのか。何が言いたいのか。書くことの社会的な意義がはっきりしなくては、作品に着手できない。これは私の癖である。作家としては邪道であるかも知れない。目的がはっきりし、書くことの意義を強く感じたときに、私の意欲は燃えあがる。（『経験的小説論』）

石川は、書く目的を意識したと同時に、自分の小説の狙いについてもかなり詳しい解説を施すことが

多い作家である。エセー集『作中人物』（文化出版局、昭和五十四年）もその種の解説の一つである。このなかの「矢吹大佐」の項によれば、『望みなきに非ず』を書いた目的は次のように説明されている。

〔戦後社会のなかで〕元軍人に対する厳しい批判があった。敗戦の責任と、民衆を戦災で苦しめ、家族から犠牲者を出したことに対する責任とを、すべて軍人に背負わせようとするものであった。それは国民を分裂させるようなものだった。敗戦の苦難は軍人も民衆といっしょに背負っている。私はその事を一般民衆にも考えてもらいたかった。巡洋艦隊の艦長であった海軍大佐矢吹さんという人物を登場させたのはそういう意図からであった。

当時の日本国民のあいだに「元軍人に対する厳しい批判があった」ことは間違いない。ときには行きすぎた、理不尽な批難もあったかもしれない。だが、国民の大部分は、生活が苦しければ苦しいほど、自分たちをこのような塗炭の苦しみに陥れた人たち、戦前は贅沢な暮らしを享受していた軍人に対して激しい怒りや憤懣をぶつけるのは当然であろう。なおかつ、そうした批難は不十分で、徹底していなかったとさえ言うこともできる。なぜなら、やがて迎える冷戦の世界情勢のなかで、戦犯に指定された人々が続々と復権し、なかには総理大臣にまで登りつめた人物も出現したからである。このこと一つを取ってみても、戦争責任者に対する正当な批判が十分になされたとは思われない。

たしかに、これら戦争に責任ありとされた人々は、アメリカの占領政策の一環として公職追放処分を受けたのだった。その数およそ二一万人で、圧倒的に旧軍人が多かった。増田弘によれば、「追放該当となった公職者は直ちに罷免され、退職金その他の諸手当ては支給されないばかりか、社会から抹殺されたも同然となるなど、その酷烈さは当時の日本社会全体を震え上がらせた」(『公職追放論』)のであり、彼らは、このようなかたちで戦争の責任を取らされたわけだが、それは、言うまでもなく、アメリカ占領軍によって押しつけられた責任であった。日本の国民自身が旧軍人の責任を明確にしたわけではなかった。

石川達三は、主人公矢吹元大佐の落魄した生活を同情的な視点で描いているように見える。「公職から追放された五十歳の老軍人を、世間は犯罪人のように扱う。職を求めようとすれば世間は、前科者を雇うように警戒するのだ。恩給は停止され預金は封鎖され、公債は買い戻してはくれず、物価は高騰し、職は与えられない。生きて行くことがどれほど困難であるか、世間は知らない。妻も知らない」。

しかし、問題なのは、矢吹自身が自らの戦争体験や戦争責任をどのように考えているのかについて全く書かれていないことなのだ。

矢吹が責任ということを考えるのはわずかに次の場面だけである。矢吹は若者たちと言い争いをしたあとで、こう考える。

青年の非常識というのも、戦時から戦後にかけての生活の荒廃がもたらしたものであろう。罪は青年にはない。社会や国家の罪だ。軍部の罪かも知れない、軍部の罪ならば自分にも一片の責任は有る。

軍部に責任があるとすれば自分にも責任の一端がある、という考えには矢吹の責任感が表現されていると言えないこともない。だがここで問題になっているのは、戦後の若者たちの「非常識」についてである。それを軍部の罪と結びつけて考えること自体がお門違いというものだろう。

つまり、この小説には、元軍人の、戦後の困窮した生活は描かれているけれども、元軍人の戦争責任の問題はすっぽり抜け落ちているのだ。世相を描いた小説だから、そこまで要求するのは無謀だというのは言い訳にすぎない。

ところで、石川文学の基本的テーマの一つは人間関係の追求であった。『望みなきに非ず』は、戦争によって崩壊した人間関係がしだいに回復していく物語として読むことができる。

この小説の冒頭で作者は、「笑い」の哲学者アンリ・ベルクソンでさえ触れることのなかった独特の笑いがあると述べている。それは「女の笑い」であり、「あらゆる場合に相手を傷つける有害な笑い」である。この「女の笑い」は、相手を傷つけると同時に、すべてをごまかし、笑いのうちにすべてを解消するという特徴を持っている。それゆえ、この笑いが女の顔に浮かぶとき、まともな人間関係が成立することはない。

人間関係の基本は夫婦の関係であり、親子の関係であろう。そして、石川達三の場合、「崩壊した人間関係」とは、戦前・戦中の秩序やモラルが敗戦とともに崩壊したものと、戦後になって急速に広まった、行きすぎた自由や解放によって、逆に秩序やモラルが混乱しているという二重の崩壊現象として捉えられている。

それゆえ、矢吹元大佐と加津子夫人とのこれからの夫婦関係は、旧態依然たるものでもなければ、戦後の行きすぎた女性解放によるものでもなく、新しい関係として構築されなければならない。それがどのようなものなのかまだ誰にもわからない。しかし、『望みなきに非ず』によって、新しい人間関係の追求こそが戦後文学の課題であることが明示されたのである。その追求は、時期を同じくして連載された『幸福の限界』において試みられる。

第二章　女性の自由

――『泥にまみれて』その他――

1　『幸福の限界』

(1)新しい人間関係

『幸福の限界』は、昭和二十二年五月十三日から八月二十四日まで『中京新聞』に連載された。したがって、厳密を期して言えば、戦後における新しい人間関係の探求が『望みなきに非ず』よりも二ヶ月前から書き始められたことになる。この作品で描かれているのは、女性の自立は可能かというテーマであり、女性の自立と結婚とをどのように考えるかという問題である。そのなかで問われているのは古くて新しい人間関係にほかならない。

『幸福の限界』の終末部分で作者は、人間関係のことを次のように書いている。

人生とは人と人とのつながりであるらしい。係累であり絆《きずな》である。人間と人間との、複雑な厄介な面倒な関係が、結局は人間に生きる力を与えているのではなかろうか。親との関係、兄弟との血縁、子供とのつながり、良人との因縁、そういう束縛のうるささが、結局ひとりの人を生かして行く力なのだ。

注目しておきたいのは、ここで述べられている人間関係とは、夫婦の関係であり、親子や兄弟の関係、つまり、家庭内の、近親者の関係ということになる。しかし、「人間と人間との、複雑な厄介な面倒な関係」は、もちろんそれだけではない。友だちとの関係、会社の同僚や上司との関係、近所付き合い等々関係は多様に拡大していくはずである。現代社会の人間関係の複雑さは、入り組んだ、多様な網目から出来上がっている。

だが石川達三は、人間関係の基本は家庭における関係であり絆である、と考える。戦後社会でしだいに家庭崩壊と呼ばれる現象が蔓延したことを考えれば、彼が選んだ基本的なテーマ設定は間違ってはいない。家庭における新しい人間関係の構築こそが、社会の秩序やモラルの崩壊を押しとどめる防波堤となると考えられるからだ。こうして、石川達三の小説では、テーマを明確に追求するために、登場人物が限定され、物語の状況設定も狭い範囲に限られる場合が多い。

『幸福の限界』も、登場人物はごく限定されていて、それぞれタイプの違った四人の女性とその良人だけである。四人の女性とは、主人公と目される主婦高松敦子を中心にして、妹で、七人の子供がいる西沢明子、長女で、戦争未亡人となって実家に戻ってきた省子、次女で、会社勤めをしながら演劇活動をしている由岐子である。敦子には三〇年近く連れ添ってきた夫の高松峯三、明子には中学の数学教師の西沢陽二、省子には見合いをして再婚する歯科医師の篠塚直二がおり、由岐子には最終的に結婚することになる脚本家の大塚龍吉がいる。

四人の女性は世代の違った二組の姉妹である。そして、姉と妹は対照的な性格である。七人の子持ちで、いま八人目を妊娠している明子に対して、姉の敦子は、女は子供を産む機械じゃないと言って出産に反対するのだが、妹の方は、育てるのは大変だが、それだけ先になって楽ができると答えて平然としている。明子は、戦前の生めよ増やせよの時代のモラルそのままに戦後の時代も生き続ける逞しい女性であるが、ふとした事故がもとで亡くなってしまう。

一方、省子と由岐子の姉妹の生き方は対立的である。姉の省子ははっきりと自分の意志を口にすることの少ない戦争未亡人だが、どうやら結婚だけが女性の幸せと思っているらしく、父親の持ってきた見合いに応じてさっさと再婚してしまう。妹の由岐子からは「性生活を伴った女中生活」に満足していると、小馬鹿にされている。省子と由岐子の姉妹の絆はほとんど切れているように見える。

⑵母親敦子の動揺

由岐子は反対に、親が薦める縁談をきっぱりと断り、家を出てアパートでひとり暮らしをしている、活発で自立心の強い女性として描かれている。母親の敦子は、全く対照的な二人の娘の生き方を身近かに見詰めながら、しだいに次女由岐子の考え方に同調して、自分自身のこれまでの主婦としての生活について反省するようになる。この小説は、戦後の社会で、それまで三〇年近く家庭を守ってきた女性が心理的な動揺をきたし、それがいったいどのように落着するのかという問題を突き付ける物語なのである。そこに、戦後社会における新しい人間関係を探ろうとする作家石川達三の意図があり、目的がある。

この母親は、娘の由岐子が家を出て行くと宣言したときに、こんな感想を覚える。

> 強くなったものだと思う。昔の娘とはまるで違う強さ。男を恐れない強さがある。しゃんと身を持して、一歩もゆずらない。この強さは誰に似たものか、誰が教えたものか、不思議であるが、何かしら羨《うらや》ましい。自分たちの持たなかった自由が、この娘にはある。あるというよりも、強引に自由を奪いとり、自分のものにしようとする、それが夫人の心に何か新しい流れをつくってくれる。

夫人は、若い娘が自分とは全く違う考え方、生き方をしていることが理解できるし、娘の言い分がよくわかるのである。しかし、それをすっかり容認してしまえば、自分自身の生き方や、これまでの家庭生活や人間関係にまで大きな変化が及ぶことになる。そこに何か期待があると同時に大きな不安もある。敦子夫人が住み慣れた家を出て、娘由岐子のアパートで同居し始めたのは、「何か新しい流れ」が夫人の心のなかに生じた瞬間にほかならない。敦子夫人はしばらく良人と別居するが、離婚するつもりはない。娘の主張にショックを受けて、自分自身の夫婦関係はいったい何だったのかを独りで考えたいだけなのである。つまり、妻としての、女性としてのアイデンティティを求めているのだ。しかし、言うまでもなく、このアイデンティティとは厄介で困難な問題であり、簡単に解答が得られるとは思われない。

敦子夫人にとって不幸だったのは、結婚などしないと主張していた当の由岐子が、演劇の指導者である大塚龍吉を愛し、結婚することを決意して、「私はただあの人を助けて、あの人に尽くしてあげたいと思う」と述べるまでに変貌してしまったことである。由岐子のことばは、女性としてのアイデンティティを追求するというよりは、女性の宿命を甘受することへの逆戻りという意味を帯びている。

結婚を決意した由岐子は母親に向かって、ひとり言のように呟《つぶや》く。

「わたし、自分の幸福ということは考えないことにして、自由も何もみんな捨ててしまったつもりでいるんですけれど、今になって見ると、自分の幸福を捨てるということが、却って一番大きな幸福だったような気がするんですの。そんなことって、あるんでしょうか」

「そんなことって、あるんでしょうか」と尋ねられて、母親は考え込まざるをえない。「これまでの誇り高い気持ちを失い、つつましい心になった娘をむしろ哀れにさえも感じた。これこそ女の地獄である」。

これ以上説明する必要はないと思われるが、この「女の地獄」こそ、結婚後の家庭生活そのものであり、それは、戦前、戦後を通じてほとんど変わらない、女性にとっての「幸福の限界」と言うほかはないものである。『経験的小説論』のなかで、『幸福の限界』について触れながら、「自分に許された生活の限界を考えながら、人生の計画を立てて行く必要があるだろうというのが、戦争直後の混乱期に対する私の警告であった」と書いている。「人生の計画を立てて行く」方に重点があるのか、それとも時代風潮に対する「警告」のほうにより重点があるのか微妙な表現であるが、一度別居してアパート暮らしを経験した敦子夫人の帰宅は、もはや単なる過去への回帰でないことだけは確かであろう。

しかし、彼女の家庭には長女省子が押しつけていった孫娘の敬子がおり、妹明子が遺していった七人の甥や姪たちも近くに住んでいる。これからの社会で、この子供たちが成長して行くにつれて、敦子夫人は彼らとどのように向き合っていくのか、読者としては気にしないではいられない。敦子夫人には戦後社会を生きる女性としてのアイデンティティが確立されているとは思えないからである。

(3) 女性としてのアイデンティティ

娘の高松由岐子は、それまで一貫して結婚というものを侮蔑さえしていたのに、いきなり結婚を決意してしまうのであるが、彼女はいったいなぜ演出家の大塚龍吉との結婚を決意して、「ただあの人を助けて、あの人に尽くしてあげたい」と思うようになったのか。彼女はそれまで、結婚というものについて、どう考えていたのか。

「今まではどうやって自分の個性を生かすかという事ばかり考えていましたわ。だから当たり前の結婚や生活なんか、とても我慢がならないと思っていたんです。良人に束縛されたり家庭の雑用に束縛されたりして、何をしたのかわからないような具合で一生を送ってしまうだろうと思っていたんです」

ここでは、普通の家庭生活、主婦としての生活が否定され、「自分の個性を生かす」ことと結婚生活は両立できないという考え方が示されている。

しかし、この考えは、大塚龍吉と伊豆の温泉宿で過ごした一夜の経験によって、完全に逆転する。そして由岐子は、平凡な結婚を望むようになったことを、次のように述べるまでになる。

「平凡でいいの。平凡でたくさんよ。私だって平凡な女ですもの。そして、平凡なというのは、宜いことよ。だれにも目立たないような、あたりまえで地味で、しかもそのなかにゆたかなものを湛えた、静かな美しい生活をしたいと思いますわ。自分の良人を愛し、自分の良人の仕事を完成させるために、自分の生涯と、愛情とを捧げつくすことが出来れば、私は成功だと思いますわ。女って、そういうものなのね。それ以外の事を望むのは、女が男の生活をしたがることだと思うの。女って、自分を小さく生かすことが幸福なんだわ。自分を大きく生かそうとすると、却って不幸なような気がするわ」

全く拍子抜けするほどの急変である。女とは家庭生活を守って夫の仕事がうまくいくように支え、「自分を小さく生かすことが幸福」なのだという、いかにも慎ましいこの考え方が悪いとは言わない。しかし、それが果たして「自分の個性を生かす」ことと本当に整合するのか、読者には納得しかねるものがあるだろう。

ところが、戦前の女性である敦子夫人の方は、自分の娘のこの変化をごく冷静に受けとめ、平然とひと言で片づけてしまう。「由岐子の考えの変化は、いわば非常識から常識への変化である」と言い放つ。「非常識」とは、個性を生かすために結婚を否定することであり、やたらと女性の自由とか解放を主張するような、終戦後の新しい考え方のことである。それに対して、結婚するという「常識」は、人類五千年の生活の歴史を積み重ねて現在まで続いてきたものである、というのが敦子夫人の考えなのである。この常識的な考えからは、あるがままの人生を受け入れるほかはないという、むしろ受動的で、消極的な姿勢しか生まれない。だから、敦子夫人は次のような考えに行きつく。

結局、女性は孤独には耐えられないのだ。彼女の生涯には、ともに菅笠《すげがさ》を傾けて遍路の旅にのぼる同行者が必要である。してみれば女性の幸福は、共に生きる男性と二人で発見し、建設して行くものでなくてはならない。ここに重大な生活の限界があった。ここから先に幸福はない。たとえ結婚生活がどれほどの地獄であろうとも、この地獄の外に幸福の世界はなかった。それが人生という複雑な、醜く且《か》つ美しい、厳しく且つ和やかな、暗黒にして且つ光に満ちた世界であったのだ。

考えてみれば、女性の生き方を常識か非常識かで判断するのもいささか乱暴な論理ではないだろうか。しかも、個性を生かすために結婚しないことが非常識であるというのは、どう見ても因習的で、偏頗な思考としか言いようがない。『幸福の限界』という小説の主要なテーマは女性の結婚をめぐる問題であり、結婚するかしないかというきわめて限定された、二者択一的な問題の立て方に陥っているので、論理の発展性がないとも言えるのだが、しかし、昭和二十二年の日本社会において女性に求められていたものは、何よりもひとりの女性としての独自の生き方、つまり女性としてのアイデンティティの追求ということではなかっただろうか。女性の自由や解放という一般論に解消するのではなく、ひとりの女性として自分をどのように生かし、これからの社会でどのように生きていくかが問われていたのである。

もちろん、このアイデンティティの問題は女性だけの問題ではない。戦前の軍国主義、皇国思想の呪縛から解放された戦後社会において、それは女性にも男性にも共通した、困難で持続的課題であったのだ。

2　書簡体小説

石川達三には書簡体小説、あるいは手記形式の作品がいくつかある。日本文学の圧倒的に主要な伝統的小説形式である私小説を嫌って、いわゆる三人称小説を書き続けた石川達三にとって、ときには私小説に代わるものとして手記形式を必要としたのではないかと思われる。書簡体ないし手記の形式は、言うまでもなくきわめて主観的なものであるが、それと同時に、手紙を書くことによって主人公が自らを客観化しようと試みるものと言えないこともない。書簡体小説とは、最も主観的な存在である「私」が少しでも客観的たろうとする、つまり正確に自己を位置づけようとする努力にほかならない。相手が読んでくれることを予想して、いわば他者の目を通して自分を客観化しようとする試みなのである。

『経験的小説論』のなかで石川達三は、小説『泥にまみれて』について触れながら、書簡体形式のことを次のように書いている。

この小説は母が娘に与える手紙の形式をとった。それは母の立場に立って、どんな事でも言えるし、どんな省略もできるし、時間的に前後することも自由であるし、どんな批判も書けるという、種々な利点を考えてのことであった。三人称の小説では不自然になるところも、一人称の形ではきわめて自然に書けるというものがある。

ここでは、書簡体小説が一人称小説の別名であるかのような書き方になっているが、もちろん一人称小説と書簡体小説とは同じものではない。書簡の形式は一人称小説のなかでも最も主観的、恣意的であると言えよう。どんなことでも言え、どんな省略もでき、前後で矛盾したことも書けるという意味で、非論理的、非合理的であることも許される。ただし、この野放図な性格を規制するためには、一定のルールが必要である。そのことを石川は、「但しこの場合に必要なことは、（私）という主人公の生活態度や思想が明確に規定されなくてはならない」とつけ加えている。しかし、この規定が強くなりすぎると作中人物の性格が、硬直した、融通の利かないものになりかねない。たとえば、戦前と戦後を一貫してその生活態度や思想にいささかの変化も見られないような人物を創り出しかねないことになる。

この節では、昭和二十年代に書かれた二つの書簡体小説『泥にまみれて』と『誰の為の女』のうち、『泥にまみれて』を取り上げて、女性の主観から見た男女関係、そして石川達三の女性観について考えてみることにしたい。

(1) 鶴岡志乃の生き方

『泥にまみれて』は昭和二十三年十一月から二十四年九月まで雑誌『ホーム』に連載された。

『幸福の限界』では、主婦であり母親である高松敦子夫人は、戦後の新しい考え方を示す次女由岐子の、「結婚なんて性生活を伴う女中生活にすぎない」ということばにショックを受け、長い主婦生活についての反省を迫られたのだった。そして、自分の三〇年ちかい結婚生活がいったい何であったのかを考えてみるために、しばらく良人と別居生活を送る。しかし、娘由岐子に好きな男が現れて結婚してしまうのを契機に家へと戻ってくる。敦子夫人がそこで考えた結論は、「家庭の一日は愚劣である。妻の一日は愚劣であるかもしれない。しかし妻の二十年は愚劣ではなかった」ということであった。つまり、結婚生活は長い目で見なければわからないということであり、何十年もかけた努力の結晶が夫婦生活の意味だということなのである。

『泥にまみれて』は、母親である鶴岡志乃が、新婚生活が一年半ほどしか経たないのに良人と別れるといって実家へ戻ってきた娘の園子を諫め慰めるために、自分自身の二〇年以上にわたる結婚生活の経験を語って聞かせる手紙の形式を取っている。鶴岡志乃は、『幸福の限界』の高松敦子とほぼ同じ年代であり、生きてきた時代もほとんど同じように戦前から戦中にかけてである。そして、戦後を迎えて時代が大きく転換した時期に、二人とも過去の結婚生活を振り返っている。何よりも彼女たちのこれまでの長い経験からすれば、戦後社会で女性の自由や解放を唱える人たちの思想や主張は薄っぺらで、信用できないものとして映る。反対に、彼女たちの長い、苦難を乗り越えてきた結婚生活の経験は重要な意味を持っており、積み重ねられた歳月によって身についた沈着さと、ある種の自信が身に備わっている。このような敦子夫人や志乃夫人の結婚生活、二十数年以上を経た主婦の生活観、夫婦観こそ、作者が戦前・戦後を通じて変わらぬモラルとして描こうとしたものにほかならない。作者は、戦後社会で突然蔓延した女性解放や自立の風潮に対抗して、頑ななまでにこのような主婦のモラルを擁護したのだった。

終戦からすでに七〇年を過ぎた現在の社会において、ここに示された作者の主張を時代遅れとして葬り去るのは簡単だが、しかし、今日のような、増加する一方の家庭の崩壊状況を見ていると、あらためて結婚生活の意味を考えるためのヒントをこの作品のなかに見ることが必要であると思われる。

手記の当事者鶴岡志乃の生き方を具体的に見てみよう。彼女のこれまでの半生は、小説の最初に明確に位置づけられている。

私の二十四年の結婚生活は、血まみれ、泥まみれ、もう、見るかげもない惨憺《さんたん》たるものだった。よろめきながら、倒れては起き倒れてはまた起きあがって、ようやく今日まで生きてきた。（中略）もしも私が簡単に離婚してしまっていたら、今日のこういう喜びは決して味わうことが出来なかったでしょう。そしてこの喜びは、お前たちがいま考えている（幸福）などというものが足元にも寄れないようなもの、深い深い人生の喜びです。一人の女が、妻となって味わい得る最も深いよろこびです。

読めば明らかなように、最初から結論ははっきりしている。これまでの二十数年間にわたって、言語に尽くせぬような辛苦に耐えてきたからこそ、現在の妻としての喜びを感じることができるというのである。

石川達三は、『作中人物』のなかで、鶴岡志乃のモデルを、自殺した知人の妻だと書いている。結婚以来二六、七年にもなり、子供も二人いる夫婦のあいだでいったい何があったのか。良人の不行跡は眼にあまり、そのわがまま三昧についていけなくなって自ら死を求めたらしいという。そして石川は、この小説を執筆した動機と思われるものを、こうつけ加えている。

私は、その夫人を思うにつけて、彼女の敗北が哀れでならなかった。しかし、どうすればあの夫人は敗北から救われることが出来ただろうか。男というけだものを生涯の伴侶として、敗れ去ることの無い女の生き方は無いものだろうか。

小説のなかの女主人公は、一度自殺を試みるが無事救出され、そのあとは懸命に生きる女性として描かれている。そして小説の終わりでは、「人生の苦しみによく耐えて来た自分を祝福し、あれほど泥まみれになって良人を愛し得た喜びに満足することができるだろうと思うのです」と述べて、自分自身に誇りを感じることができるという心境にまで達している。それゆえ、問題なのは、「血まみれ、泥まみれ」の結婚生活の実態とはどのようなものだったのか、そして、「深い深い人生の喜び」はどのようにして獲得されたのか。さらには、それらを一般化して考えるとき、そこにどのような教訓と意義を見出すことができるかということであろう。

良人の鶴岡知而《ともじ》は脚本家で、社会主義思想を信奉して大学を中退するはめになった経歴を持っている。性格は開っ放しで、天衣無縫、何事にもこだわりがない。この良人の女性関係と左翼運動のせいで、妻の志乃は結婚以来つねに精神的、物質的な苦しみを味わわされてきた。志乃の苦悩は、結婚後しばらくして新宿の酒場の女が家を訪ねてくることから始まる。この女は、鶴岡が結婚する直前まで関係していた女給である。さらに、劇団の主演女優早川鏡子との浮気が志乃を苦しめる。一度は鏡子との関係が切れたと思われたが、のちに鶴岡が上海旅行に出かけ、その地で働いていた早川鏡子と再会し、東京へ連れて帰る。ところが、良人が性病を移され、妻志乃も感染してしまう。そんなことがあって、志乃は自殺をはかるという事件も起きる。

早川鏡子と別れたあとに、今度はピアニストの水野明子との関係が持ち上がる。水野明子という女性は、控え目で、独占欲があるわけではなく、金銭的要求もない。おまけに、鶴岡とのあいだに生まれた子供は自分一人で育てるという。そして、鶴岡の家庭を乱すつもりはないというのだから、大変厄介な存在である。

志乃も、精神的苦痛を伴いながらも、終生相互に助け合う存在として、明子を容認せざるをえない。

このような共存関係は、妻の立場からは屈辱的なものであるはずだが、志乃は一段進んだ考え方をするようになる。

妻が、真に妻としての誇りを持つためには、その良人への愛情の高さと深さとに於て確信がもてなくてはならない。私の愛情が水野さんに劣る愚かしいものであるならば、私はその資格なくして妻の立場にいるといわれなくてはならないでしょう。女として、それ以上の恥辱はありません。

良人の愛人に対して「妻としての誇り」を持つ必要があり、そのためには「妻だけが持つ愛情の深さ」が必要だと言っている。別の箇所では、それは「母のような愛情」であるとも説明している。それにしても、良人が余所に愛人を持ち、子供まであることを、妻の立場から「母のような愛情」によって容認することができるものだろうか。いくら理屈を付けてみても、それは単に妻の忍従と諦念にすぎないのではないだろうか。ところが、最終的に妻志乃の考えの行きつく先は、女性と男性の本質的な違いということである。すなわち、

女は結婚してしまえば完全に妻になってしまいたいし、また妻になっていられる。百パーセント妻になってしまうのです。ところが男は結婚してもなお、半分は独身でいる。男は半分しか結婚しない。

あとの半分は独身の自由と気儘と放埒とを保留しているのです。妻はその保留された半分にはいっては行けない、無理に入りこめば良人は妻を拒否しようとするのです。

⑵妻の位置

たしかに、男性と女性との本質的は違いはあるだろう。だが、その違いは「独身の自由と気儘と放埒」ということだろうか。男性と女性の違いを単に容認することが妻としての賢明な生き方だとは思われない。

志乃はまた、こう書いている。

結局、在るがままに在るよりほか、仕方がないのだと私は思いました。いくら相手を責めてみても、いかほど自分を責めて見ても、男性と女性との本質は変える術もなく、その戦いは生涯つづけられなくては済まない宿命であるのです。或る意味では絶望です。

男性と女性との本質的な相違、男と女のたえず続けられる戦いという表現は一般論としてはよく理解できる。しかし、人間としての苦悩は、一般論としての男女の関係と、鶴岡知而と志乃という全く個別な関係とが容易に結びつかないところにある。一般論としては理解できても、自分自身の場合には簡単には納得しがたい、そこにこそ人間の宿命があり、絶望すら感じられるのではないか。それゆえ、志乃の手記は、最後になって開き直りとも言うべき、新しい世代への反発という意味さえ帯びてくる。

自由だの平等だの権利だのと、世間の女たちはなぜそんなに低俗なごみごみした所で生きているのでしょう。それは愛情の美しさ、愛情の本当の尊さ、愛情の本当の味わいを知らないからです。私の眼からはそういう（新しき女性）たちが、何だかお気の毒に見えます。みんな中途半端なところで生活していて、人間の魂の本当の輝きを見出してはいないように思われます。（傍点原文）

かなり挑発的なこの文章は、作者がとりわけ強調したかった部分であるらしい。というのも、『作中人物』のなかで石川は、この部分を引用したあとで、さらに挑戦的な文章を書いているからである。

鶴岡志乃に対する読者の批判は、此のような女の生き方に集中されているようだ。現代の若い人たち、殊に学問もあり教養もある女性は、殆んどすべて、志乃のこうした生き方に怒りを感じるらしい。戦後、女性の自由や権利という考え方が強くなって以来、自由と権利とが自分の幸福を守る唯一のものであるかのように思われている節がある。しかしその事にも疑問がある。自由でありさえすれば女性は幸福であり得るか。正当な権利が認められれば、それだけで女は幸福であり得るか。それ以外に

は何も要らないのか。（傍点原文）

自由や権利よりももっと大事なものがほかにある。それは、二十数年間の結婚生活を通して獲得された妻としての経験の重みにほかならないというのだ。そしてその経験の重みとは、戦前の旧式なモラルの肯定ではなくて、夫婦のあいだの葛藤の末に発見された、時間を超えた「人間の魂の本当の輝き」のような愛情なのである。

石川達三が、戦後社会の軽薄な風潮を批判しながら、戦前・戦後を通して変わらぬ夫婦という人間関係を追求していることの意味はここにあると言えるだろう。それはまた、石川達三が戦後の日本社会へ投げかけた果敢な挑戦という意味を持っていたはずである。

3　若い女性の自由

『幸福の限界』や『泥にまみれて』とは違って、『薔薇と荊の細道』（昭和二十六年一月から二十七年二月にかけて『小説新潮』に連載）は未婚の若い女性の生き方がテーマとなっている。

この小説では、同じ会社に勤めるそれぞれタイプの違う三人の若い女性と、同じ会社の二人の男性との関係を中心にして、その生き方が描かれている。三つのタイプは、作者が戦後の新しい女性の生態を描くために創り出した人物像である。厳密に言えば、三人の女性のうち、主人公と目される塩田伸子の場合と、あとの二人の同僚野々上ふさ子と牧野みさをの場合とでは、後述するように、決定的な違いがある。

そこで、この小説については、二つの基本的なテーマを設定して、戦後の女性像について検討することにしよう。一つは女性がひとりの女として成長することの意味についてであり、二つは戦後の新しい女性の特徴についてである。

(1)女性、この自然なるもの

まず冒頭の部分を紹介する。最初の二～三頁は、石川達三の小説にしては珍しく、たいへん抽象的、観念的な書き方なのであるが、そのなかにこんな表現がある。

「わたしはわたしよ。私の愛情はわたしだけのものよ」

だが、愛情は彼女のものではなくて、自然のものであったのだ。彼女自身が、自然界のなかの一匹の生物であるように、彼女の愛情もまた自然のものであった。野々上ふさ子の場合にも、塩田伸子の場合にも、彼女の母の場合にも、そして幾時代をへだてた奈良朝や平安朝の女性の場合にも、愛情の最初の兆候にかわりはなかった。個性の関与する場合はきわめて少ない。

ここで用いられている三人称の代名詞「彼女」とは、常識的に考えれば小説全体の主人公である塩田伸子を指すことになるが、実のところはもっと一般的に、「女性そのもの」を表わす代名詞として用いられているように思われる。また、ここで頻出している「愛情」も、異性間の愛情というよりは、女性が本質的に所有している性的な本能、すなわち男を愛し、肉体関係を結び、妊娠し、出産するという女性としての自然な営みの全体を指しているように感じられる。それゆえ、引用文では「自然のもの」が強調され、個性とか個別性が否定される。超歴史的で、あらゆる女性に共通な本質性が主張されているのである。

三人の若い女性のなかで、塩田伸子とあとの二人との決定的な違いというのは、伸子だけがセックス経験がなく、結婚しないという決意を表わすためにキリスト教の洗礼を受けたりする、その異常な潔癖性にある。しかし彼女は、ある日父母の夫婦喧嘩にたまりかねて家出をして、同じ会社の綾部次郎のアパートに泊まり込んで肉体関係を結んでしまう。そして妊娠する。妊娠と同時に彼女の精神は安定し、生活に落ち着きを取り戻す。いったいこのような変化はどうして生じたのか。ここでも作者は「自然なるもの」を強調している。

個性以前のもの、人格以前のもの、もっと原始的な、生物的な、そして自然なるものによって起ってきた変化であるに違いない。伸子は、日光や空気に支配されるように彼女のSEXに支配されていた。

SEXは、自然の原則であり、自然そのものであった。その自然に支配されている伸子自身もまた、一個の自然の生物であったに違いない。

いったいなぜ、「自然なるもの」がこれほどまでに強調されるのか。

作者は、女性が成年期に達して、セックスの欲求に支配されて異性との肉体関係を持ち、妊娠することは、古今東西歴史の必然であって、そこには個人の思想とかイデオロギーには関わりのないものが存在し、政治とか体制といったものにも関係しないことを示そうとしている。戦前とか戦後といった社会の変化を超越した、人間の本質的な摂理のようなものの存在が考えられているのである。それゆえ、「自然なるもの」とは、理性や論理を超えた人間本来の本能的な営みにほかならない。

伸子は、世間体とか娘の将来を気にする父母の反対を押し切って、子供を産むと主張する。伸子の妊娠を知った綾部次郎は、嬉々として結婚に同意し、伸子は無事女の子を出産する。ハッピーエンドの物語のようであるが、作者は、塩田伸子のそれまでの生き方を、こんなふうにまとめている。「それが、やはり一度は通りぬけなくてはならない茨の道であったのだ。彼女の個性よりももっと本質的なもの、(女性とは何であるか)ということを、身を以て知るための、重大な経験であったのだ」。塩田伸子という個性の発見ではなく、むしろ女性としての本質の発見なのである。

作者は、女性の娘時代は、蝉の幼虫が真っ暗な土のなかで過ごすのに似ているとして、次のように書いている。

伸子にとって娘時代というものはやはり暗黒であったのだ。母となってはじめて、彼女は自分の翅をのばし、自分本来の姿をあらわす。それから後に、ようやく、彼女の（個性）を育てて行くことができるのではなかろうか。自由が、はじめて彼女にあたえられたのだ。（中略）もはや親に対しても、友人に対しても、いささかの遠慮も気兼ねもする必要のない、全く独立した、自由なる自己を感じていたのだ。結婚のなかにこそ、彼女の自由があった。

ここで思い出されるのは、『幸福の限界』のなかのことばである。母親高松敦子は、娘が結婚を決意したことを聞いて、「女の地獄だ」と思う。結婚後の家庭生活は、長年主婦として生きてきた敦子夫人には地獄と映ったのだった。つまり、石川達三にとって、結婚生活とは自由であるとも地獄であるとも表現できるものなのだ。それゆえ、「結婚のなかにこそ、彼女の自由があった」という表現は、単なることばの問題でないとすれば、それがいったいどのような自由なのかがさらに問われなければならない。

(2) 若い女性たち

三人の若い女性のうち、塩田伸子については、どちらかといえば旧来型の女性として描かれていた。

あとの二人、すなわち野々上ふさ子と牧野みさをの描き方のなかに、作者はとりわけ戦後社会でよく見かける新しい女性像を表現しようとしている。伸子と、あとの二人を分かつ大きな違いは、すでに見てきたように、伸子には男性についての考え方や生活態度の上で発展があるのに対して、ふさ子やみさをは、終始同じような考え方で生きているだけであって、ほとんど変化がないことである。それだけ、あとの二人の人物像は類型的、固定的である。たとえば、野々上ふさ子はこんな女性として、巧妙に説明されている。

野々上ふさ子は本当に強い女だった。彼女は賢明にも、自分の内にある弱点をよく知っていた。彼女の母親は、自分の弱点にみずから支配されて、暴虐《ぼうぎゃく》な父の言うがままに自由を踏みにじられてしまったのだ。凡《およ》そ女性の悲劇の大部分は、自分のSEXに束縛されたことから起こっている。ふさ子はその事に気がついたのだ。この一点さえ解決すれば、女は悲劇から救われるに違いない。(中略)SEXを解放すればSEXから解放されるだろう。結婚してはならない。なぜかと言えば、それはSEXの解放ではなくて、定着だ。定着したところに新しい束縛が生ずる。母の場合がそれだった。定着してはならない。相手が一人であってはならない。そして一人の男に対して、愛情をくり返してはならない。彼女は女性の欲情が本質的に定着を欲するものであることを知っていた。悲劇の原因はそれだった。

引用が長くなったのは、野々上ふさ子という女性の性格や生き方について、いかにも説明的な文章が続いていることを知ってもらいたいからである。この女性は特定の男性に執着することを極端に嫌って、「定着」しないように努めている。そのような姿勢は、颯爽としていて、現代的な女性のように見えるかもしれない。女性の悲劇とは「女性の欲情が本質的に定着を欲する」ところにあると理解しているからだ。悲劇を避けようと思えば、「定着」を断ち切らねばならない。こうして彼女は次々と交際相手を取り替えていく。しかし、彼女にとって男性はみな同じようなものであって、それぞれの個性を持った存在ではない。「定着」しないためには、相手の特徴や個性などを認めるようなことをしてはならない。そして作者は、野々上ふさ子にとって致命的とも言うべき次のような宣告を下すことになる。

結局、野々上ふさ子の人生観は、男たちが彼女に愛情を求め、向うからちかづいて来る場合にだけ、彼女の誇りと自由とを支えて行けるものだった。そういう限定された条件が備わって居なくてはならなかったのだ。（中略）女性の自由とか解放とかいう流行の言葉をそのまま鵜呑《うの》みにして、彼女の人生を一つの観念にあてはめようと試みた。その若さの向う見ずが、却って彼女を堅い壁に突き当たらせるようなことになってしまったのだ。

作者が野々上ふさ子の生き方や考え方を「若さの向う見ず」と捉え、女性の自由や解放という戦後流行した風潮を批判しているのはこれまで繰り返し見てきた通りである。

一方、牧野みさをの場合はどうか。この場合も少々長い引用をお許し願いたい。

彼女は無口で、もの静かで、言葉づかいがやさしくて、誰にでも親切だった。（中略）古風でしおらしくて、ほんとに女らしい女だった。細くしなしなしたからだに色気があふれていた。彼女は次から次へと恋愛をした。一体どこに彼女の好みがあるのか、どんな男に理想を描くのか、見当がつかないほど、相手の男のタイプはいろいろ変っていた。（中略）ところが、男たちにも個性がなかったのかも知れない。あの人がと思うような男が、次から次へと牧野みさをの相手になるのだった。永くて五ヶ月、短かければ二ヶ月。彼女はなぜか必ず失敗した。そして失恋するたびごとに、産れて来る子供を処分しなければならなかった。彼女の欠勤は失恋のあと始末だった。

牧野みさをは従順で、親切で、男好きのする女性なのだろう。男が近づいてくるのは、ひたすら彼女の肉体を求めてである。男性の欲求を柔順に受け入れながら、そこに悦びを見出しているという、性に無秩序な現代女性の典型のように見える。それはまた、女性の自由とか解放といったことばとは全く無関係である、と作者はわざわざ注釈をつけている。

何人かの男に接し、そのたびにみごもり、堕胎して、少しも不幸な顔を見せたことがなかった。野々上ふさ子は自分が女性であることに抵抗しながら、抵抗し切れずにいつも喘《あえ》いでいたが、牧野みさをは自分が女性であることに満足し、安心し、女性であることを楽しみながら、自然に生きていた。女性の自由だの解放だのという流行の言葉には眼もくれずに、周囲とははなれて一人きりで生きていた。女というものをよく知り尽くして、一匹の牝である自己に徹していたのかも知れない。

少なからぬ男子と無差別に関係を結び、そのたびに妊娠し、中絶を繰り返しているというのはあまりにも誇大な表現と感じられるが、そのことによって女性であることに満足していると言われると、さすがに首を傾げたくなる。女性の自由とか解放といった思想とは全く無縁であり、動物の牝のような存在であるという牧野みさをのような女性もまた、戦後の社会風俗に生きる若い女性のタイプとして描き分けた作者は、結局、二人とも肉体だけの女性、精神的なものをほとんど重視しない女性として描いてしまったが故に、彼女たちを人間としての成長が見られない存在にしてしまったように思われる。

こうしてみると、三人の若い女性のなかで、最後に「結婚のなかにこそ彼女の自由があった」という発見にいたる塩田伸子だけが、作者によって肯定的に描かれていることがわかる。なぜなら、作者石川達三にはつねに揺るぎのない結婚観、生活観が存在しているからだ。それは、ここまで取り上げてきたいくつかの作品にも窺われるし、少なからぬ評論やエセーでもたびたび繰り返されてきたものであるが、この章を閉じるにあたって、評論「新しい太陽を」（昭和四十五年）の一節によってもう一度確認しておこう。

女性の幸福にとって何よりも大事なものは、自由ではない。自分の位置の安定である。自由ということを現代人はあまりに重大に考え過ぎているのではないだろうか。女性にとって自由は、それほど大きな問題ではない。結婚によって多かれ少なかれ良人に束縛され、出産によって子に束縛されることは女性の宿命である。そこだけには解放はほとんどない。良人や子供からも自由であろうとすれば、生活全般の安定を犠牲にしなくてはならない。両方を望むことはできない。ひとつだけ選ぶとすれば、どちらを選ぶべきか、まずそれが問題だ。（『人間の愛と自由』所収）

女性の自由と生活の安定とが対立的に捉えられている。だから作者は「どちらを選ぶべきか」という極端な論法に陥ってしまっている。自由とは本来多義的な概念であり、さまざまなレベルの自由が考えられるのだが、戦後社会で課題となるべき女性の自由とは、良人や子供に束縛される家庭生活からの自由というよりは、もっと精神的、思想的な自由の問題であり、女性としての根源的存在についての意識に関わる問題のはずである。

第三章　文学と歴史のあいだに
――『風にそよぐ葦』――

この章で取り上げる『風にそよぐ葦』は典型的な社会小説と言えるものである。主人公の葦沢悠平は出版社社長で、硬骨の自由主義者として描かれている。小説で扱われている時代は昭和十六年から二十二年までであるが、戦中は軍部や特高警察による厳しい弾圧を、戦後は組合の活動家からの激しい攻撃を受ける。時代の強風に煽られる葦は、葦沢悠平ひとりではないし、一つの出版社だけにとどまらない。言論界、出版界に関係する多くの人々が検挙され、投獄される。今日では全くのでっち上げ事件として知られている「横浜事件」に何人かの社員が巻き込まれ、葦沢悠平が死守してきた伝統ある雑誌もついに廃刊へと追い込まれる。容易に『中央公論』とその社長嶋中雄作を想定させるこの物語は、いつのまにかフィクションと歴史的事実とのあいだへと読者を誘い、虚構のなかに緊迫した現実を再構築してみせる。

自己の体験をもとにした文学論とも言うべき『経験的小説論』のなかで石川達三は、『風にそよぐ葦』に触れながら、「この小説はある綜合雑誌の社長とその家族を中心に置いて、いわゆる国家の非常時が国民にあたえた惨害の姿をえがき、殊に良心的な知識人や自由人がどれほど理不尽な失意を経験しなくてはならなかったか……それを当時の事実と綴り合せながら書いたものであった」と述べている。「当時の事実と綴り合わせながら」小説を書くという方法は、フィクションと歴史的事実とが矛盾することなく、フィクション自体があたかも実際に生起したかのように描くことによって、よりいっそう現実の真相に迫ることである。フィクションに、背景としての歴史的事実が綯《な》い交ぜとなって、その時代の深層部がよりいっそう鮮やかに剔抉される、ここに社会小説の果たすべき役割があるだろう。『風にそよぐ葦』は、文学と歴史のあいだに成立している、石川達三の代表的な社会小説なのである。

1　自由主義者の肖像

小説の冒頭はこんな描写から始まる。

外務省の正門の、大きな鉄格子がとりはずされてあった。正午ちかい烈日の照りかえるなかで、七、八人の人夫が汗を流しながら、その扉《とびら》をトラックの上に押しあげようとして騒いでいた。ひろびろと殺風景になった門柱のあいだを通って清原節雄は街に出た。正午に東京會舘で葦沢と会う予定である。

（中略）

野村大使とハル国務長官との間でこの春から続けられてきた日米会談は、いま完全に停頓《ていとん》している。三国同盟と大陸からの撤兵問題とで暗礁に乗りあげ、二進《にっち》も三進《さっち》も行かなくなってしまった。そのときになって日本の外務省が門扉《もんぴ》を取りはずしたのだ。何か不吉な予感がある。

太平洋戦争が勃発する三ヶ月前の昭和十六年九月初め、公布されたばかりの「金属類回収令」にもとづいて、外務省の重厚な鉄製の扉が回収されている光景である。日米開戦を何とか回避しようとする外交交渉が軍部の横やりによって完全に阻害され、外務省の政策が陸軍の強硬方針によって屈服させられようとしていることを、この光景は象徴的に表現している。こうして、「何か不吉な予感」は三ヶ月後に現実のものとなり、作中人物の多くが塗炭の苦しみと悲しみを味わうことになる長い物語の幕が切って落とされる。

外務省から出てきた外交評論家の清原節雄は、このあとも小説の重要な場面で、物語の先導役を演じることになるが、彼がこれから会おうとしているのは新評論社長の葦沢悠平で、彼らは三〇年来の友人である。

作者が「貴族的な自由主義者」と呼んでいるこの物語の主人公葦沢悠平は、陸軍情報局からの呼び出しを受けて出頭するとき、「黒の上着に縞ズボンという古風なすっきりとした身なりで、蝶ネクタイを結び、飾りのない籐《とう》のステッキを持っていた。ゆるぎのない身だしなみのなかに揺ぎのない精神を包んでいると言った風である」と描写されている。これがいかに人目を惹く身なりだったか、ここでも作者はそれとなく「当時の事実と綴り合せ」て筆を進めている。政府は昭和十五年十一月二日に「大日本帝国国民服令」なる指令を公布しており、一般国民に国民服の着用を義務づけ、背広を禁じていたのである。それゆえ、背広の上着に縞のズボンをはき、おまけに蝶ネクタイを結んだ葦沢悠平のいでたちは明らかに統制違反なのであり、何よりも軍部や政府に対する反抗的態度を見せびらかすものにほかならない。これが新評論社長葦沢悠平のぎりぎりのレジスタンスであり、自由主義者たらんとする「揺ぎのない精神」を誇示する意志なのである。石川達三は、自分の創り出した作中人物について、自ら懇切な解説を加えることの好きな作家であるが、『作中人物』のなかで次のように書いている。

彼〔葦沢悠平〕は名誉欲や物欲では動かない。しかし自分自身のために仕事をする。みずからほこり高い心をもち、自分に恥ずかしいような事には耐え切れないという清潔な人格である。そしてあの戦中から戦後にかけて、悠平のような少数のすぐれた自由主義者が、どんなにひどい眼にあい、それをどんなに立派に耐えていたか。……私はこの小説でそれを書きたかった。同時に、そのような時代の責任と、そのような時代を造りみちびいた者の責任とを、追及したかったのだ。

作者がどのような意図を持って葦沢悠平という人物を造型しようとしたかが、簡潔明瞭に表現されている。ところで、ここで言われている「時代の責任」や、「そのような時代を造りみちびいた者の責任」を追及しようとした意思こそ、まさしく社会小説と言われるものの内容をよく表わしていると思われる。葦沢悠平という人物を描くだけではなく、「同時に」、「時代の責任」を追及すること、ここに石川文学の最大の特徴があると言うことができる。

しかし、「揺ぎのない精神」も時間の経過とともにしだいに追いつめられていく。その経緯は、『新評論』という個別の雑誌の枠を超えてわが国の出版界全体への圧迫となり、葦沢悠平というひとりの自由主義者だけではなくて言論人全体を圧殺するものとなることを示している。それは、次節で見る「横浜事件」によって具体的に明らかとなる。

葦沢悠平が最初に陸軍情報局第二部から呼び出しを受けるのは昭和十六年十月二十日、対応したのは悪名高い佐々木少佐である。この少佐は実在した鈴木庫三をモデルにしており、佐藤卓己によって「鈴木少佐のイメージは小説の「佐々木少佐」や映画の「倉村少佐」をモデルとして好き勝手に造形されていった」（『言論統制』）とされているが、小説のなかの佐々木少佐は「事務的な命令口調」で言明する。「君の雑誌は今後、毎月十日までに全部の編集企画を持って来て見せること。よろしいな。提出されなかった編集企画は一切掲載をゆるさないことにするから、承知して置きたまえ。用件はそれだけだ」。有無を言わさぬ一方的な命令であり、雑誌の編集方針に対する軍部の直接的な介入である。これに対して葦沢悠介は、この段階ではまだ精神的なゆとりがあり、冷笑を込めた皮肉をもって、この凶暴な軍人を見ている。「彼〔佐々木少佐〕は、一兵卒に命令すると同じ態度をもって葦沢社長に編集上の命令をあたえながら、何の恥ずかしさも感じていないのであった。それをみると悠平は、胸のなかに皮肉な言葉が湧《わ》きあがってきて、思わず頬の肉がゆるんだ」。

そして、社に戻った葦沢社長は、社員一同を集めて決意を表明する。情報局では一兵卒のようにあしらわれた社長だが、ここでは日本の言論界を代表するかのように堂々たる演説を披露する。

「私の考えでは、今こそ国民の最も自由なる良心が必要な時だと思う。本当に深い愛国心、静かな、美しい、好戦的ではない愛国心が必要なんだ。自由な心から発した、自由な力と自由な信念。命令されたものではなく、自由に養われて来た愛国心でなくてはならないんだ。私は、自由主義こそ日本を救うものだと考えている。」

自由と真の愛国心とを強調したこの葦沢社長の精神は、まだ冷静さも抵抗姿勢も失ってはいない。だが、日米開戦直後の十二月十三日には「新聞事業令」が、十九日には「言論出版集会結社等臨時取締法」が公布されて、自由な言論はますます制限され、出版物の発行停止処分が、当局によっていとも簡単に行なわれることになる。

次に情報局から呼び出しを受けるのは、六つの綜合雑誌の社長と編集長の一二名である。このときも担当官は佐々木少佐であった。葦沢社長たちは、情報局から押しつけられる「編集方針」なるものをただ黙々と受け入れるしかなかった。配られた紙片には六つの項目が書かれており、そこにはたとえば、「自由主義その他の左翼思想は一切掲載しないこと」とか「政府軍部の発表するものには濫りに批判しないこと」といった命令が含まれていた。わずかに七分間で終わった、一方的な会見のあとの葦沢社長の様子を、「彼は顔の皺《しわ》ひとつ動かしはしなかった。この貴族的な自由主義者は、最も強い忍耐力をもっていた」と、作者は書いている。戦時下で、軍部や警察に睨まれながら雑誌を発行し続けることは、ひたすら忍耐と妥協を必要としたのである。

昭和十八年になると、「横浜事件」によって新評論社からも逮捕者が出てしまうが、この事件については次節で項をあらためて触れることにする。

追い詰められた葦沢悠平は、昭和十九年正月号に予定されている目次を眺めながら、自らの姿勢について深刻に思い悩んでいる。

——もしも自分が、当局の弾圧をおそれて一時しのぎの妥協をしたとすれば、自分は已むを得ざる妥協であると言いわけをしても、世間の眼から見れば時局便乗の雑誌をつくる無節操な男であると見られるに違いない。（中略）言論にたずさわる者が節操をすてて軍部や検閲官の前に頭を下げるくらいならば、筆を折って沈黙をまもるべし。然らざれば命を賭して言論を守るべし。二つに一つだ。そういう厳しい道をまもってこそ、言論に権威はあり言論家に栄誉があたえられるのではないか。

懊悩はなおも続く。

新評論が節操をまもることは新評論を潰すことである。雑誌はつぶしたくない。この唯一の牙城《がじょう》を失うことこそ、最後の敗北だ。たとい少々の妥協はしたにしても、新評論の存在は専横なる軍部と軍国的政府とにとって、厳然たる一敵国である。何どきでも、雑誌の命を賭して世論に訴え得る一つの機会だけは保留しているのだ。雑誌をやめてしまえば、それまでだ。それこそ最後の敗北である。

だが、いくら抵抗の姿勢を示そうとしても、軍部や政府の弾圧には太刀打ちできない。自由主義の葦は軍国主義の暴風に薙ぎ倒されるしかない。そしてついに、昭和十九年七月十日、新評論社長と改造社長とに情報局第二部長からの出頭命令があり、二つの雑誌に対して自発的廃業の指令が下る。明治以来の長い伝統を誇る『新評論』はついに廃刊に追い込まれたのだった。それは「最後の敗北」には違いないが、しかし作者が強調しようとしたのは、軍部や政府の意向に迎合せず、自らの立場を貫き通そうとした葦沢悠平の姿勢であり、最後まで自由主義を堅持しようとするその意志の強靱さであり、敗北してもなお守ろうとする矜恃である。作者はそれを自由主義者の「誇るべき運命」と呼ぶ。

自由主義者たちはいつの時代にも強権に抵抗し、いつの時代にも弾圧に打ち勝つことができなかった。それが彼等の悲しむべき運命であり、また誇るべき運命でもあった。おそらく国家というものがこの地上に存在するかぎり、彼等は永遠に抵抗しつづけるに違いない。

さまざまな圧力にもかかわらず、何とか死守してきた雑誌が廃刊のやむなきにいたった葦沢社長は、昭和二十年五月、空襲の激しくなった東京を避けて信州へ疎開し、その地で終戦を迎える。再び東京で営業を開始した自由主義者葦沢悠平は、こんどは戦後の新しい社会に活動の場を見出すことになる。ところが、彼を待ち受けていたものは、新評論社内に結成された労働組合との対決の場であった。「永遠に抵抗しつづける」自由主義者は、戦後急速に盛り上がった左翼運動と対立するという嘆くべき運命に陥ってしまう。戦後の葦沢社長とその雑誌については、節をあらためて論じることにしたい。

2　小説のなかの「横浜事件」

外交評論家清原節雄は、すでに見たように、激動の昭和時代を描く物語の導入部を飾ったのであるが、戦中の言論弾圧事件のなかでもきわめて重大なものの一つである横浜事件についても、小説のなかに導入するきっかけをつくっている。すなわち、昭和十八年五月に、新評論の編集者たちとの懇親会の席で、清原は次のように切り出している。

「それはそうと、細川嘉六はまだつかまっているのかね」と清原が言った。

（中略）

前の年の夏、細川嘉六は雑誌『改造』に「世界史の動向と日本」と題する論文を寄稿した。それが筆禍を招いて、十七年の秋に彼は検挙されたのだった。もう五十をいくつか過ぎた老人だった。

同じように言論活動に携わる者として、清原は細川嘉六の検挙に無関心ではいられなかったのである。作者はここで、横浜事件の発端となる河田充市夫妻の拘引や世界経済調査会関係者の取り調べ、さらには富山県泊町の旅館で撮られた宴会写真のことなどを書いて、横浜事件の一端を説明しているのだが、しかし、新評論の社員たちは、そうした神奈川県警特高の動向を知るよしもなく、この段階では自分たちとは全く無関係なものとして話題にしているだけである。実際には横浜事件は、「当時の事実と綴り合せ」て取り上げるといったレベルではなく、日本現代史のなかの重大事件そのものだったのだ。

いわゆる横浜事件については、戦後になって昭和二十年十月九日付の『朝日新聞』に「泊事件」と

「昭和塾事件」として報道され、初めてその全容の一部が暴露されたのであって、終戦にいたるまで、これほど大がかりで理不尽な弾圧事件が繰り広げられていたことを日本国民は全く知らなかったのである。それゆえ、昭和二十四年の時点で、石川達三が自分の小説のなかに重要なテーマとして書き込んだのは異例の早さであり、それだけ彼がこの事件に特別の強い関心を抱いていたことを示している。石川は『経験的小説論』のなかで、「これは〔『風にそよぐ葦』のこと〕戦時中の国家権力や軍部に対する私の小さな復讐であった。私としては書くべき義務を感じた作品である。その義務は、あるいは単なる私の腹癒《はらい》せであったかも知れないが、是非とも書こうという激しい情熱だけは感じていた」と書いて、並々ならぬ執筆の意欲を語っている。

いったいなぜ横浜事件なのか。この小説や作者にとって横浜事件はどのような意味を持っているのか。その理由と思われるものを最初にまとめておこう。

第一に、戦時中の思想・言論弾圧事件として、これほど残虐かつ大がかりなでっち上げ事件はほかにはない。なおかつ、その実態は戦後にいたるまで全く国民の知るところではなかった。作者は、この事件の真相をいち早く突きとめ、読者の前に明らかにしなければならないと考えたに違いない。

第二に、伝統的な自由主義的雑誌である『新評論』の編集者のなかから数名の逮捕者を出し、そのことが、雑誌そのものが廃刊へと追い込まれていく直接的な原因の一つとなっていることを示そうとしている。

第三に、この事件は、『新評論』という個別の雑誌の枠を超えて、わが国の出版界全体への弾圧となり、また、葦沢悠平というひとりの自由主義者だけではなく言論人全体を圧殺するものとなったことを訴えようとしている。

第四に、戦時中の思想・言論弾圧は、陸軍や内務官僚などの中央の諸組織だけではなく、地方の特高警察も協力した共同的暴挙であると同時に、それぞれの組織が「功名」を争って苛酷さを増幅させたことを物語っている。

こうして、小説のなかの横浜事件は、あくまでも自由主義者としての姿勢を崩さない葦沢悠平社長と、言論の自由を守り続けようとしたその雑誌に対する厳しい弾圧の典型的な事件として描かれている。言うまでもなく、横浜事件の真相を歴史的に解明すること自体が小説の目的ではない。石川は「〝風にそよぐ葦〟と現実」と題する座談会のなかで（『中央公論』昭和二十六年七月号）、「横浜事件などでも、ぼくはもっともっと詳しいデータを一応調べている。しかしあれ以上に入って行くとバランスがくずれて行く」と述べているが、たしかに現実の横浜事件は簡単に全容を語り尽くせるものではない。以下、小説のなかの横浜事件についての記述を追ってみる。

新評論関係で最初に逮捕者となったのは近藤という編集記者である。朝早く三人の刑事が自宅へやってきて、横浜警察へ連行されたのだった。編集長の岡部熊雄は横浜警察と聞いて、警戒する。「世界経済調査会の河田充市が検挙されたのは横浜だった。松田安彦も高浜義男も横浜だった。満鉄の平林太郎や西島民雄が連れて行かれたのも横浜だ。行った者は今日まで一人として帰ったという話を聞かない。二、三日まえに岩波書店の編集者が一人連れて行かれたという噂《うわさ》も聞いている。」東京に会社がある新評論の社員がなぜ神奈川県警に検挙されるのか理解しがたい謎であるが、ここではまだ、誰もこれが大がかりな弾圧事件だとは気づいていない。

だが、昭和十九年になると、新評論はもっと直接的で致命的な打撃を受ける。編集長の岡部をはじめ数名の編集スタッフが神奈川県警に拘引されたのである。葦沢社長は急遽横浜に向かい、特高課長に面会を申し入れるが、冷淡に追い返される。葦沢悠平はいまや窮地に立たされたことを知らされる。

彼は手足をもぎ取られたような気がした。編集部の中心になって働いてくれる社員たちはみな捕まってしまった。「新評論」はいよいよ最後の窮地に追いこまれたようである。検閲とも戦った。思想上の弾圧とも戦った。用紙問題、雑誌の廃刊合併の問題、そのときどきに最善の努力をつづけて、ともかくも一つの言論機関をまもり通して来たのだった。しかし編集記者数名を一度に拘引されるということは予想していなかった。事態は急迫して来たのだ。

これまでは、情報局第二課をはじめとする軍部の圧力と闘ってきた。それは雑誌の内容や執筆者や用紙制限などの問題であった。しかし、こんどは雑誌の製作スタッフそのものが神奈川県警に持って行かれたのである。地方の特高とは、予期しない新しい強敵であった。横浜事件の最大の特徴は、逮捕者に対するすさまじいばかりの拷問と同時に、芋づる式に何の関係もない者までも勝手な理屈をつけて逮捕していった、その人数の多さである。まず世界経済調査会関係者、ついで細川嘉六をはじめとする「泊の宴会」関係者、さらに細川が関係した昭和塾のメンバー、そして、昭和塾の会員との関係で中央公論社、改造社、日本評論社、岩波書店、朝日新聞社員など総数四十九名が全員横浜に拘留されて、凄惨な拷問を受けたのだった。これによって、日本の主要な綜合雑誌は狙い撃ちされ、甚大な被害を受けた。「十九年一月末のこの大検挙によって、東京の綜合雑誌各社の編集部はほとんど壊滅的な打撃を受けた。日本に於ける言論の自由はわずかに神奈川県の一特高警察の力によって見事に蹂躙された」のである。

作者は、神奈川県警の拷問がいかに凄惨をきわめたかを表現するために、五人の拘留者の「手記」を載せている。しかし、「手記」の前後に作者は何の説明も加えていないので、読者はどう見ても奇妙な印象を受けてしまう。逮捕されたときの模様や、想像を絶するような殺人的な拷問の様子などが綴られているこれらの手記は、実際に横浜の留置所で行なわれた事実を記述したものであり、歴史の真実にほかならない。だが、その記述の仕方は、どう判断しても戦後になって書かれたものであって、その当時留置所のなかで記したものとは思われない。そもそも、ごく秘密裡に書いた手記だとしても、万一発見されたとなれば、とても生きて戻れるかどうかわからない事態を招くことになる。言うまでもなく、フィクションとしての小説においては、戦後に書かれたものでもそれ以前に存在したものとして扱うことは可能である。創作では、時間的なずれは自由なのである。つまり、文学は歴史の制約を突き破ろうとする。小説のなかで時制を逆転させるのは、あたかもそれが現実に生起しているかのように、臨場感を増幅させるためである。それゆえ作者は、この物語において、拷問のすさまじさを強調するために当事者の「手記」という方法を取り入れたと思われるが、歴史の真実は未来を過去に移動させることはできない。結局、文学の真実は歴史の真実に優先することはできないのである。

小説における横浜事件のクライマックスは、葦沢社長が証人として神奈川県警に呼び出され、訊問される場面である。入院していた葦沢悠平は、社員たちのために病躯を押して、東京と横浜のあいだを五日間自動車で往復する。彼が追及されたのは、先に逮捕された社員たちに対する証言というよりは、もっぱら『新評論』が共産主義の宣伝の役割を果たしたとか、編集部員が共産主義者であることを認めろといった言いがかりであった。彼は朝から晩まで責められ続け、ひとりの刑事からは、「貴様のような国賊は叩き殺したってかまわねえんだ。この危急存亡の戦時を何と思ってやがる。貴様は共産党の第五列だろう」といった脅し文句を浴びせられて、顔に痰を吐きかけられる。こうした連日の長時間にわたる取り調べと屈辱に耐え、かろうじて逮捕監禁だけは免れて、病院へ倒れ込むようにして戻ってくる。

ここにいたって葦沢社長は新評論社の解散を決意する。一方、政府と軍部は、「知識人の巣窟」としての雑誌を解散させる方針を固め、すでに述べたように昭和十九年七月十日、葦沢社長は改造社長とともに情報局第二部長から呼び出しを受け、雑誌の廃刊勧告を突きつけられたのである。

横浜事件の惨劇はまだ続く。昭和十九年末、被疑者たちは横浜市内の各警察留置場から郊外の笹下《ささげ》にある未決の拘置所に集められた。それまでの拷問で痛めつけられて衰弱しきっていた和田嘉太郎は凍死し、淺石晴世も喀血による窒息死を迎えてしまう。作者は二人の死者に本名を使っているが、二人とも中央公論社の社員であった。現実の横浜事件では、検挙者四九名のうち獄中死が四名、出獄直後の死者二名という犠牲者を出している。

石川達三は、このような前代未聞の弾圧事件の苛酷さについて、ひとりのユダヤ人兵士を無実の罪から救うために国論を二分するほどの議論が沸騰したフランスと、数名の死者まで出しながら国民の全く知らないうちに無実の事件がでっち上げられた日本を対比しながら、「まさにドレフュス事件に数倍する人権蹂躙《じゅうりん》の歴史が、しかも一切の報道を禁止せられていたために一億の国民の殆ど誰もが知らなかった。総理大臣も内務大臣も司法大臣も、そして帝国議会に議席を有する八百五十人の議員たちも、誰ひとりこの事実を糾弾しようとはしなかった」と、怒りを込めて告発している。

ところが、残虐をきわめた横浜事件の結末は喜劇的ですらあった。喜劇的な様子は、事件の当事者である畑中繁雄の文章にも伺われる。「〔横浜地方裁判所の検察官僚は〕ひとたび、夢想さえしなかった敗戦に遭遇したとなると、にわかにあわてだし、終戦直後のどさくさのうちに、これまたはなはだしく不得要領な、おそまつきわまる公判〝芝居〟まで強行して、みずから被告の名をおしつけた相手方に懲役二年の判決を「均等配分」したうえ、同じくひとしなみに三年間の執行猶予をばらまいて、むしろことの穏便をはかるという、これはまさにたいへんな事件であった」(『日本ファシズム言論弾圧抄史』)。終戦から五日目、予審判事はあたふたと裁判形式を整えるために予審調書を作成し、一刻も早く公判を終えようとした。裁判長も機械的に「被告」全員に対して懲役二年、執行猶予三年の判決を言い渡して、「被告たち」を釈放したのである。ただひとり、法廷で争う姿勢を示した細川嘉六だけは、理由不明のまま判決もなしに、釈放されたのだった。

3　戦後社会のなかの自由主義者

戦争末期に東京を離れて疎開していた葦沢悠平は、終戦の日から四日後に、清原節雄からの長い手紙を受け取る。この手紙の文面が、言ってみればのんびりと終戦を迎えた葦沢を叱咤し、もう一度仕事への意欲を掻き立てたのである。清原は、終戦の東京の様子や、予想されるマッカーサーの占領のことなどを簡潔に書き記しながら、次のように悠平を激励している。ここでも清原の存在が、終戦を迎えた時点での物語の展開にきわめて重要な役割を果たしていることがわかる。ついでに言えば、清原節雄は清沢洌をモデルにしているが、その清沢は周知のように昭和二十年五月に病死していて、八月には生存していない。しかし、戦後社会で再起しようとしている葦沢悠平にとって、清原節雄は欠くことのできない存在だったのであり、彼を八月以前に亡くすことは、この物語の成立そのものに関わる重要な問題なのである。

ともかく此の敗戦は、きっと日本の革新に役立つだろうし、また役立てなくてはならないと思う。革新すべき事は無数にある。君はそろそろ上京の準備をすべきだ。言論の使命の重大なること、今日にまさる時はない。新評論は一日も早く復活する必要がある。（中略）日本人は戦争の終った喜びと同時に、将来に対して巨大な絶望を感じていると思う。何の対策も持ってはいないのだ。この絶望せる者に新しい希望をあたえ、将来への対策を示すことは言論機関の重大な使命だ。

「言論の重大な使命」を繰り返し強調しているこの書簡は、伝統ある出版社の社長葦沢悠平にとってわが意を得たりといった刺激的なものであったに違いない。終戦という事態にどのように対処したらいいかまだ方針が定まっていない悠平にとって、清原のことばは強力な後押しだった。ただ欲を言えば、「絶望せる者に新しい希望をあたえ、将来への対策を示す」という呼びかけは、本来ならば雑誌社の社長自身が真っ先に日本の言論界に対してなすべきことだったように思われる。人から叱咤激励されて腰を挙げるような場合ではないはずなのだ。

だが、この前後の葦沢悠平の描き方には注目すべき一つの特徴が見られる。敗戦直後の日本の大混乱を目撃した悠平には、将来への抱負というよりも、目下の道徳の低下に批判の目が向けられていく。敗戦の社会に投げ出された軍人たちの退廃ぶりや窃盗行為、一般市民の火事場泥棒のような非道徳性について、彼の厳しい非難の目は、道徳低下の原因を執拗に追及することに集中している。

道義の低下。――戦争末期から問題にされていたことだ。低下の原因はどこにあるのか。勿論《もちろん》人民が衣食に窮したということも大きな原因ではあるが、自由主義の否定、全体主義の鼓吹、言論の断圧、強権の独裁、警察と憲兵とによる一種の恐怖政治、それらが寄ってたかって個人の道徳性をたたきこわしてしまったのではなかろうか。道義の低下は、独裁政府が人民のなかに培《つちか》ったものであったに違いない。そのような強権の独裁に抵抗し、最後まで屈服しなかったもののみが、彼の道徳を正しく支えてくることが出来たのだ。

目を覆うばかりの道義の低下、そのよって来たる原因はどこにあるのか。終戦を迎えてあらためてそのことを考えるとき、軍部の独裁と強権による国民支配に対してわずかに抵抗しえたものだけが、道義の退廃に対しても抵抗することができるというのである。日本国民が戦中の軍部独裁政治によって蒙った精神的、道徳的被害の大きさを指摘しているこの文章は、葦沢悠平が戦中に受けたはかりしれない抑圧と苦渋からすれば、その意味はよく理解できる。しかしながら、問題はその先にある。終戦後に、休刊していた雑誌を再刊するにあたって最も必要だと考えられるのは、ジャーナリストとして新しい時代に相応しい日本の進路を展望する視座を提供することができるかどうかではないだろうか。それこそ清原節雄の言うように、「この絶望せる者に新しい希望をあたえ、将来への対策を示すこと」にほかならない。その点で、葦沢社長の口からはついに戦後社会での雑誌の再出発に相応しい方針が聞かれることはなかったのである。戦中の厳しい弾圧には耐えることはできても、戦後の時代にあって先頭を切って進むことができない貴族的な自由主義者の限界であった。

昭和十九年七月以来一年半にわたって休刊を余儀なくされていた『新評論』は、昭和二十一年一月には再刊の運びとなる。葦沢社長にとっては待望の、新しい時代の雑誌の幕開きだったはずである。しかしながら、彼の心には新しい企画にもとづく雑誌を、装いも新たに世に送る悦びといったものは見られない。彼にとって昭和二十一年正月は、「寒さだけが、新しい年をむかえるしるしだった」。雑誌再刊の悦びも束の間、戦後新たに結成された社員大会によって、葦沢社長は退陣要求を突きつけられる。戦時中に軍部と妥協し、「日本の帝国主義戦争を合理化したる言論を掲載刊行したる事の責任を糾弾」するという、予期せざる理由によるものだった。葦沢社長はこの要求に対抗して、出版社そのものを閉鎖しようと決意し、社員を集めて演説する。

「戦争中、軍部の強圧によって、いくらかの妥協を余儀なくされた、あのことだけでも私は終生の恨事であると思う。いまふたたび、諸君の要求に屈して、歪められた雑誌を出すぐらいならば、いさぎよく事業をなげうって、文化指導の立場にある私の責任を、果たさなければならんと思う。」

葦沢社長は、要するに、自分の意に沿わない雑誌は出すつもりはないと言っているのである。戦時中にあれほど雑誌を発行し続けることに執念を燃やしてきた葦沢社長が、「いさぎよく事業をなげうつ」ことはいったい「文化指導の立場」の責任を果たすことになるのか、どうやら戦後の時代を扱う作者の筆はいささか綿密さを欠いているように思われる。

社長は、社員の要求に屈して雑誌を発行することは「歪められた雑誌を出す」ことになると思い込んでいる。彼はもはや自分の社員を信頼することができない。なぜなら、「右に傾いていた世のなかが急に左にかたむきはじめると、止まるところを知らず、世間の常識も良識も、あるいは英知も、感情も、みんなこの斜面から振り落とされてしまって、ただ一つ、不思議に上滑りした革命主義だけが青年たちの心を煽《あお》り立てている」と考えるからだ。

たしかに、社員たちがまとめて提出した要求には過激で無分別なものがあるとも言えよう。しかし、そこには社内の民主化要求や、物価の異常な高騰による生活要求も含まれている。そうした諸要求に対して冷静に判断を下すのも社長の役割であるだろう。何よりも重要なのは、終戦直後の、政治的にも経済的にも思想的にも混沌とした日本社会にあって、有力な綜合雑誌が果たすべき役割は、明確な方針のもとにこの社会の言論をリードするという姿勢を示すことであろう。だが、葦沢社長には、それは不可能であった。なぜなら、次の一節に読み取れるように、彼は一種の強迫観念に捉われているようにさえ見えるからである。

戦争中は憲兵につけ覘《ねら》われ、戦後は共産党につけ覘われ、一生つけ覘われて生きて行かねばならないのかと思うと、生きてゆくことが味気なかった。以前には、日本とアメリカとの戦争が、彼を迫害した。今度は地球を両分した二つの世界の戦いが、彼を迫害する。迫害する嵐は、弱まるどころか、むしろ一層通烈に、激烈になって来つつあるのではなかろうか。……そう考えて見れば、この地球上に、五尺のからだを安らかに置くべき場所は、もうなくなってしまったような気もするのであった。

昭和二十一年初めの段階で、アメリカとソ連との冷戦が個人の思想や生き方を「迫害する」という指摘は、歴史的時期からいっても内容から見ても疑問を抱かせるが、それにしても「共産党につけ覘われ」るとか、「二つの世界の戦いが、彼を迫害する」といった表現はよほど政治情勢に怯《おび》えている精神状態を示しているとしか言いようがない。

結局、昭和二十一年五月号から十月号まで休刊となった『新評論』は、十一月号から再刊される。社員たちによる自主編集がうまくいかず、労働組合の結束も崩れて、再び葦沢社長の出番が巡ってきたのだった。半年間の休刊という設定はあくまで作者の創作であるが、作者は休刊という、雑誌の死命を制するような非常手段を講じることによって、いったい何を物語ろうとしたのか。だが、作者は淡々として、わずかにこう書くだけである。

結局、社長は解決策らしい事は何もせずに、争議に勝ったかたちであった。勝ったというよりは、それが自然のいきおいであった。「新評論」は十一月号から再刊された。悠平が堅持してきた自由主義の精神は、ついに左翼攻勢をしりぞけることができた。

どうやら作者の狙いは、葦沢悠平の自由主義は、戦前の軍国主義の時代にも、戦後の左翼攻勢の時代にも、つねに変わらぬ姿勢を保持し、自ら信ずるところを守り通したことを強調することにあったと思われる。このような自由主義について、小熊英二はこう分析している。「彼ら〔清沢洌や吉田茂など〕の「自由主義」は、体系的な思想というよりも、一種の生活感覚であった。思想は転向できるが、生活感覚は容易には変えられない。そして彼らは、自分たちの生活と、「自由」を、左右の政治勢力から防衛するという意味では、たしかに「自由主義者」だったといえる」(『民主と愛国』)。

物語は急転して、ようやく十一月号を再刊しえた直後に、葦沢社長は、公職追放令の追加適用によってその職から強権的に追われることになる。こうなると、自由主義も何もない。彼は闘う意欲すら失ってしまうのである。「国家主義的な戦時政府の弾圧に対しては、悠平は最後まで闘うはげしい意識をもっていた。しかしいま、民主政治を標榜《ひょうぼう》する政府によって追放を命令されるに至って、彼は闘志を失ったのだった」。このような葦沢悠平の姿は、戦後社会で、自由主義の意味そのものが曖昧になっていかざるをえないことを象徴的に示している。

石川達三は、『風にそよぐ葦』を書き終えたあと、「解決なき結末」という後記を『毎日新聞』（昭和二十六年三月十四日）に寄せている。そのなかで、「平和と言い、自由といい、ことごとく是れ過去の夢ではないか。私はむしろ、自分自身をも含めた、自由主義者というものをすら疑わざるを得ないような気がする」と述べて、自由主義者の存在そのものへの懐疑を呈している。岩田恵子はこの点に関わって、「戦争中も言論統制に対して社会正義をもって頑なに発言していた悠平が、社会全体の解決も個人としての解決をも導くことができなかったことの根源には、問題から逃避している作者の姿が窺える」（『解釈と鑑賞』平成十七年四月号）と、きわめて厳しい指摘をしている。岩田の言う「社会全体の解決」とは具体的にどのような解決を含意しているのか不明であるが、「解決なき結末」の責任が、「逃避している」とは言えないにしても、作者の時代を捉える姿勢にあったことは間違いない。言いかえれば、「当時の事実と綴り合せながら」書くという方法は、戦後の時代においては、事実と齟齬をきたしていると いうことになる。

社会小説は、現実社会を客観的、批判的に描きながら、一つの物語を構成することによって、より深い次元で現実社会の意味を捉えようとするものと言えようが、背景としての歴史的事実を綴り合わせる視点や姿勢に乱れが生じると、小説の構成そのものが崩れる危険性を内包している。

4　新憲法発布の日に

誰もが指摘するように、この長編小説は、基本的に二人の主人公によって構成されている。葦沢悠平と葦沢（児玉）榕子である。榕子は、悠平にとっては長男泰介の妻であり、舅と嫁の関係であるが、泰介が死亡したあと榕子は実家の児玉家へ帰ってしまうので、二人はそれぞれ独自の生活を送ることになる。つまりこの小説は、葦沢悠平の物語と児玉榕子の物語の、相対的に独自な物語が併行して展開することによって成立している。悠平は中央公論社の嶋中雄作をモデルにしているので、小説のなかでも史実に近い部分が多いのに対し、榕子の生き方は全くの創作ということになる。新聞小説としては読者を楽しませるための創作的要素が必要であり、実際、連載中の読者の反応は榕子の生き方に関するものに注文が多かったことを、前掲座談会「『風にそよぐ葦』と現実」は語っている。いずれにしても、この小説は、歴史的事実を踏まえたドキュメンタリーとしての部分と、戦争未亡人である若い女性の生き方を描くフィクションとしての部分とが二つの構成要素をなしているのである。そうしてみれば、小説の最後の場面で、悠平のもとで仕事を手伝うことになった榕子とのあいだに交わされる対話が、物語の締めくくりとして調和的完結の意味を帯びていることになる。

「あの頃が、一番、仕合せでしたわ」
あの頃……古いことだった。その、消え去った古い生活を探そうとでもするように、悠平は仰向いて星空を眺めた。

「あの頃」とは、榕子が葦沢家に嫁いできてから、良人泰介が招集されるまでのわずかな時間を指しているのであろう。昭和二十二年五月三日新憲法施行の日をもって閉じているこの小説では、前途に一縷の希望が見えるとはいえ、まだ戦後の混乱期を抜け出してはいない。人々は依然として食糧難と生活苦に喘いでいたのである。

本書は石川達三の社会小説としての特徴を検討することを目的としているので、榕子の物語についてはほとんど踏み込んではいないが、一言触れておけば、榕子もまた葦沢悠平と同じように時代の暴風にさらされた一本の葦として描かれていると言えよう。最初の良人葦沢泰介は軍隊生活で上官から受けた暴力がもとで病死し、再婚した宇留木武雄は仕事で満州に派遣され、終戦後シベリアに抑留されたままいつ帰還するかわからない。彼女は病気の母と幼い子供を抱えて、宇留木の留守宅を守って困苦の毎日を送っている。ここでも作者は、彼女が戦中は良人を軍隊に奪われ、戦後は二番目の良人をソビエトによって奪われていることを示そうとしている。自由主義者葦沢悠平が戦時中は軍部や警察の断圧に痛めつけられ、戦後は左翼運動に苦しめられたのと同じように、榕子もまた戦時中は無謀な軍隊のせいで最初の良人を亡くし、戦後はソビエト社会主義国によるシベリア抑留という理不尽な措置によって不安な生活を強いられる。小説構造の二重奏音である。それにしても、新憲法が施行され、戦後日本の再出発が誓われた記念すべき日に、戦時中の昭和十六年を指して「あの頃が、一番、仕合せでした」と主人公に言わせているのは、何という皮肉であろうか。

第四章　歪められる教育
――『人間の壁』――

『人間の壁』は、昭和三十二年八月二十四日から三十四年四月十二日まで『朝日新聞』に連載された。新聞連載としては異例の、二年に近い長期にわたるもので、「新聞小説の名手」と謳われた石川達三の名を不動のものにした作品である。『人間の壁』は大きく分けて二つの部分から構成されている。一つは、S―県市立津田山東小学校の教師志野田（旧姓尾崎）ふみ子の、先生としての、教職員組合の一員としての物語であり、もう一つは、昭和三十一年前後に生起した日本の文部行政をめぐる闘いの物語である。

主人公の志野田ふみ子は、当初はごくありふれた、どこにでも存在する女性教師として登場するが、県の教育委員会から退職勧告を受け、それを拒否することによって大きく変化し、成長する。それは、教師としての自信と、組合活動の自覚となって表われる。彼女の生き方が重要な意味を持っているのは、昭和二十年代の小説群において石川達三が追求してきた戦後女性の新しい生き方が、三十年代に入って大きな転換を迎え、志野田ふみ子の登場によって、新たな段階を示していることにほかならない。一言で言えば、自分の生き方は自らの意志と責任において選択するという姿勢である。

一方、日本の教育をめぐる二つの勢力の闘いは、政府自民党や文部省に対抗する日教組という構図にほかならないが、この闘いを描く方法として、作者は昭和三十一年から翌年五月までの、歴史を区切った短い期間を集中的に取り上げるという技法を採用している。戦後一〇年を迎えた時点で、政府自民党が急激に反動攻勢を強めたことを象徴的に示した時期であり、二つの陣営の闘いが鮮明に顕在化した時期であることがわかる。この小説では、闘いの主要な舞台はS—県ということになっているが、闘いの性質上地方の一つの県に限定されるわけにはいかない。そのことは、国会論戦や日教組の方針など全国レベルの状況がかなり克明に描かれていることからも理解できる。

こうして、主人公の教師たちがこの二つの勢力の闘いに翻弄されながらも、自分たちの教師としての日常的な生き方を真摯に追求し続ける姿を描く一方で、日本の政治や教育の流れが大きく転回している様相を描くところに作者の構想があることを、小説の冒頭が示している。

〔退職勧告を受けた〕二人の女教師は、自分たちが退職するかしないかという、一身上の問題だけしか考えてはいなかったし、分会長もそれとあまり違ってはいなかった。しかしこの小さな事件の背後には、教育と経済と政治と思想とが複雑にからみあっていた。そのからみあった複雑なものの醜怪な姿に、大部分の人はまだ気がついていなかった。

つまり、『人間の壁』は、日本の小説作品としては珍しく、教育と経済と政治と思想とが複雑に絡み合って示す「醜怪な姿」を総合的に描こうと意図したものであり、そこに社会派作家石川達三の特徴が最も鮮やかに表現されるものとなったのである。

1　昭和三十一年の教育風土

『人間の壁』は、教育をめぐる時代の動向と、公立小学校の女性教師の生き方とが併行して巧みに描かれた、石川達三の代表的な社会小説である。時代の動きと個人の生活とが密接に絡み合って描かれているので、この二つの要素を切り離して論じることは、この小説の醍醐味を損じることになりかねないのだが、ここでは便宜的に分けて考えてみることにしたい。この物語は二人の小学校教師が退職を迫られるところから始まるが、それは、昭和三十一年三月、卒業式を翌日に控えた日のことである。S—県津田山市立津田山東小学校という設定であるが、ここで持ち上がった解雇問題は、この小学校だけのことではない。その背景には戦後日本の教育が大きな曲がり角にさしかかっているという事実が存在する。

まずそのことを概観しておきたい。

(1) 政府自民党の風土

昭和三十一年初め、前年十二月から開かれていた国会に、教育に関係する三つの重要法案が提出されていた。三つの法案とは、まず、戦後の教育改革全般の改変を審議するために、新たに「教育審議会」を設置するという「臨時教育制度審議会設置法案」（以下臨教審法案）であり、第二に、公選制の教育委員会を廃止して任命制にする「地方教育行政の組織及び運営に関する法律案」（地教行法案）であり、第三は、教科書の国定化をはかり教科書検定制度を強化する「教科書法案」であった。「臨教審法案」は主として教育の理念、「地教行法案」は制度、そして「教科書法案」は内容の面から、それぞれ戦後築かれてきた教育の民主的な部分を改変する狙いを持ったものだった。

ところで、このときの国会は、昭和三十年十一月に自由党と民主党が合同して自由民主党が結成されて、第三次鳩山内閣が成立した直後の国会であり、文部大臣は、東京裁判で弁護士を務めた清瀬一郎であった。清瀬は就任直後の記者会見で、「文部大臣はいわば党の小使いで、党の政策を忠実に実行するばかりだ」と述べ、まさに教育の政治的中立性を自民党自体が犯していることを正直に打ち明けたのだった。つまり、三つの法案は自民党の政策そのものを提起したものにほかならないということである。

これら三つの法案のうち、「地教行法案」は六月二日の参議院での強行採決によって可決成立したが、あとの二つの法案は審議未了で廃案となった。しかし、「地教行法案」は直ちに実施に移されて、任命制の教育委員会が三十一年十月一日に発足すると、愛媛県で早速勤務評定の実施が決められた。政府自民党の対決的な教育方針が全国の教育委員会を通して表面化したのである。いったい、このような教育の反動化――憲法や教育基本法に明文化された戦後教育の方向に対する反動――は、いつ頃から、どのようにして表面化してきたのだろうか。

まず注目しなければならないのは、昭和二十六年五月一日、マッカーサー元帥に代わって連合国最高司令官に就任したリッジウェイが声明を発表して、「日本政府は、……総司令部指令の実施にあたって公布した現行法令を再審査する権限が与えられた」と述べていることである。つまり、戦後に制定された諸法令を見直すことが可能であると、総司令部が認めたのである。というか、むしろそれを奨励、督促しているかに見える。

これを受けて、直ちに当時の吉田首相は「政令の改正に関する諮問委員会」を立ち上げたが、そのなかには教育制度問題も含まれていた。そして、この年の十一月十六日に、「教育制度の改革に関する答申」(以下「答申」)が発表された。この「答申」に盛り込まれた内容こそ、言ってみれば、その後の自民党の「教育改革」の原基をなすものと思われる。つまり、「答申」の基本的な考え方とは、戦後の教育改革は占領軍から押しつけられたものであって、わが国の国情に合わないということである。すなわち、「国情を異にする外国の諸制度を範とし、徒らに理想を追うに急で、わが国の実情に即しないと思われるものも少なくなかった」。それゆえ「合理的な教育制度に改善する必要がある」との結論を出している。

さらに、具体的な「改善」の内容を見ると、六・三・三・四制度を基本としながらも、職業教育の専門教育化など学校制度の多様化が目指されているし、また、国定教科書の検討、公選制の教育委員会に代わる任命制への改変、文部大臣の責任体制と地方教育行政の強化などを提案している。こうしてみると、この「答申」で提起されている諸点が、前述の昭和三十年十二月に国会へ上程された教育改革に関する三つの法案の内容とほぼ一致していることがわかる。

この「答申」が提出された昭和二十六年と三十一年とのあいだに、看過できないもう一つの重大な教育政策の強行があった。すなわち、昭和二十九年五月、「義務教育諸学校における教育の政治的中立の確保に関する臨時措置法」と「教育公務員特例法の一部改正法」（いわゆる教育二法）が参議院文部委員会を通過したことである。このときの文部大臣は大達茂雄で、彼は、戦時中昭南（現シンガポール）市長を務めるなど旧内務官僚の出身であり、戦後公職追放を受けて巣鴨刑務所に収容された。昭和二十八年に参議院に初当選したが、このときすでに六十二歳だった。この人物の言動を見ると、典型的な戦前の官僚という人物像が浮かび上がる。旧弊たるこの老人は、文部大臣に就任して初めて戦後教育の実態に触れ、憲法と教育基本法に則った教育に驚愕する。そして、「平和と独立」の教育は「アカと反米」の偏向教育だと主張し、まさに文部大臣の役目は日教組と対決することだと信じ込んでしまったのである

（大達茂雄『私の見た日教組』序文）。彼が昭和二十九年四月六日に関東経営者団体常務委員会で講演したときの要旨が伝記『大達茂雄』に載っている。驚くべきことに、これは最初から最後まで日教組攻撃で埋め尽くされていて、およそ文相としての教育方針もなければ教育の理念も全く語られてはいない。彼は言っている。「（戦前は）一部極端な右翼の連中に引摺り廻された」。ところが「（戦後は）こんどは左翼の少数の人々が、また自分たちの考へる所を以て、日本の國を引摺り廻さうといふ動きがある」と述べ、現在の教育の状況について「謂はば日本の共産化の最も大きな筋の通った手であると私は思っている」と言う。こうした表現を見ると、この頑迷な老文相は、戦前の警察や特高のように、少しでも組合の動きがあると見るや、すべてが共産党やそれを支持する運動として捉える感覚が染みついているとしか思われない。

このような感覚の持ち主が目指したものは、教員の政治的中立を表看板にした組合活動の阻止であったことは論理の必然であろう。自民党政府の唱える「政治的中立」なるものがいかに偽装的なものであるかは、昭和二十九年一月に発表された「平和問題懇話会世話人会」の「五十万人教師諸君へ」という呼びかけがそれを見事に暴いている。すなわち、「政府の申しようを見ますと、教師が現在の政府の政策どおりに教育することが〝中立〟であり、その政策について、学校や教室の外で論議しても、すでに一党一派に偏する行動だということにあるのです」。この文章が指摘する通り、政府の政策に批判的な言動を取ることは中立を犯すことだと決めつけて、「偏向教育」のレッテルを貼りつけるのが政府の常套手段となった。昭和二十九年の時点で、先の太平洋戦争遂行に直接責任を負っている人物たちが続々と政界に復帰したことは、あらためて注目しておくべき時代的特徴である。以上のような経過を整理すれば、昭和三十一年を迎えた戦後日本の教育風土は次のようにまとめることができよう。

すでに数年前から、政府自民党などによる戦後教育の「見直し」が始まっていた。それは、主としてGHQの指示にもとづいて制定されたとする教育基本法やアメリカ的な教育方法に対する再検討という意向によるものだった。具体的に論点となったのは、教育基本法には「個人の尊厳」や「人権の完成」という教育目的はあるけれども、「公共の精神」や「国の伝統や文化」を尊重する態度が欠けているというのがその主要な主張だった。さらに、教科書の編纂や選定についても国定化して全国的な統一をはかることや、教育委員会を公選制から任命制に移行することが提案された。政治や教育などの実権を各州に相対的独自性を認めているアメリカとは違って、日本の為政者たちは、何事にせよ全国的な統一化をはからないと不安で、落ち着かないらしい。教科書の国定化にしても、教育委員の任命制にしても、統一化の名のもとに政府の一元的支配を狙いとしていることは明白である。こうした狙いを明文化しようとしたものこそ、第三次鳩山内閣の清瀬文部大臣が国会に上程した「三法案」だったのである。これに対して日教組に結集した教職員の闘い、野党の社会党を中心とした政治的反対闘争が激しく展開された。昭和三十年代は対立と闘争の時代だった。

ところで、この年七月に発表された経済白書は「もはや戦後ではない」と謳い、時代は「復興から技術革新への転換を求めている」としたように、昭和三十一年の日本経済はそれまでになく好況を呈し、神武景気と言われた。しかし、地方に行けば、まだまだ困窮から抜け出せず、財政再建団体に指定された県も存在した。『人間の壁』の舞台のモデルとなる佐賀県も再建団体となっており、財政削減が義務教育予算を直撃している。いわゆる「佐賀教組事件」の発端となる四〇〇名もの教員削減案を県教育委員会が発表したのは昭和三十年九月のことであった。

(2) 石川達三の思想風土

『石川達三作品集』の「月報」によれば、『人間の壁』を書き始めた動機についてこんなことが書かれている。「日本の義務教育の世界に、何か大きな小説の主題があるように思われて、その方の勉強にとりかかったとき、私は教育界の実状も労働運動の実状も、なにも知らなかった」。さらに、「私は約八ヶ月を教育界の勉強に費やし、新聞連載をはじめてからもあらゆる機会をとらえて資料をしらべて行った」とも書いている。作品の執筆目的について自ら丁寧に解説を加える習癖のある石川にしては、ここで表現されている「日本の義務教育の世界に、何か大きな小説の主題があるように思われて」という執筆動機はいかにも曖昧な印象を与える。それをもっとはっきりさせるためには、この時期の石川達三の思想的情況について概観しておく必要がある。

石川には、「文学者の政治的発言」と題する小論がある（『世界』昭和二十九年四月号）。そのなかでは、

「国家の政治が民衆に対してますます厳しくなり、人権を圧迫する危険が眼のまへに迫ってくれば、素人と雖もおとなしくしてゐる訳に行かない。文学者などに政治的な発言をさせるといふのは、政治当局の方に罪があると私は思ふ」と述べて、文学者が政治的発言を余儀なくされるのは、政治の方の責任なのだとしている。このことをさらに具体的に、「政治的発言などはさし控へて、自分の本業に戻らうと思ふのに、世間が戻らせてくれない。政治が戻らせてくれない。あれだけの政治的汚職事件が起り、教員の政治活動禁止だとか防諜法だとかいふものが出てくると、せめて言葉の紙つぶて丈けでも投げたいと思ふのは当然であらう」とも書いている。「政治的汚職事件」とは、昭和二十九年一月の造船疑獄事件であり、「教員の政治活動禁止」は、同じく昭和二十九年に入って自民党がごり押しで強行採決した前述の「教育二法」のことである。戦後政治は吉田内閣から鳩山内閣に移行する時期であるが、石川達三はおそらく、保守政治の右傾化に対して「人権を圧迫する危険」を感じ取っていたのである。このことは社会派作家石川特有の政治感覚の表現であるが、しかし、それが直接的に『人間の壁』の執筆動機にどのようにつながったかは定かにはわからない。

しかし、昭和三十一年、作家石川達三にとって特筆すべき画期が訪れる。この年の四月から七月にかけてのおよそ三ヶ月あまり、アジア連帯文化使節団の副団長として、インド、エジプト、ソ連、中国など八カ国を訪問し、帰国するとすぐに、『朝日新聞』に「世界は変った」を、『読売新聞』には「ソ連・中国紀行」を書いて、自由の問題をめぐって論壇に一石を投じたのである。

石川が戦後初めて社会主義国のソビエトや中国を訪問して実際に体感したことは、わが国に根強く遍在している「社会主義国には自由は存在しない」という意見は偏見にすぎないということであった。さらに重要なことは、その「自由」の質に関わる問題である。彼が見た共産圏の自由とはどのようなものであったか。自由とは「何の方針もない、ただ自由ならんがための自由」であっては意味がない。「自由とは、人格の反映でなくてはならない。（中略）ソ連や中国にはそういう観念的な、無目的な自由はないかも知れない。しかし方針をもった自由、人格の反映としての自由は許されて来たようだ。つまり百花斉放を期待されているのだ」(「世界は変った」)というのである。

社会主義国における自由の問題についての評価は、実は、日本における自由の現実をどう見るかということと裏腹の関係にある。むしろ、石川達三にとっては、わが国の現状に対する批判こそが真の目的だったと言えるだろう。つまり彼が言いたいのは、「われわれがけち臭い観念的な自由に固執していることが、社会の活発な発展をさまたげているのではないかという疑いをもったからである。些末な自由をすてて、もっと大きな目的にむかって人心を結集しなくては、日本が世界の進歩から取り残されてしまうことは必至だと思う」ということである。この批判は、主として日本の知識人を直接的な対象としている。そして、わが国の現実に対する知識人の態度への反省も述べられる。

〔日本の知識人は〕戦後の、新しい日本を建設しなくてはならなかった大切な時期に、あまりに性急に自分の自由ばかりを求めて、そのためにわれわれの力を分散させてしまった結果、日本の再建に何等役立つことが出来ず、逆行して行く国家の運命を手をこまねいて傍観していたような事実がありはしなかったろうか。（「世界は変った」）

このような論理の展開を見てくると、ソビエトや中国訪問から受けた実感は一つのきっかけにすぎず、本来の趣旨は、日本の現状に対する問題提起であり、批判であることがはっきりする。「逆行して行く国家の運命」という表現はかなり抽象的で曖昧な印象を与えるが、しかし、日本の政治について強い不満と危惧を抱いていることはよくわかる。そのことは、次のことばによっていっそう明白になる。「日本では小さな自由にこだわって国家民衆の意志を結集し得ないために、失業と人民相互の闘争と道徳的退廃と政治的混乱と、あらゆる非文化的なものがそこから生じ、為すところなき保守的政党の老朽政治家に今日もなお国政をゆだねるような醜態をさらしているのではないだろうか」。三ヶ月にわたる外国旅行から帰って間もない石川の、日本の政治的、社会的現実に対する公憤の感情が激しく噴出している。

「世界は変った」をはじめとする、こうした極端とも思われる文章に対しては、多くの論者が批判的見解を発表したことは当然予想されるところだった。その批判の詳細を取り上げると、ますます『人間の壁』の作品論から遠ざかってしまう恐れがあるので、簡略化して言えば、批判の内容はおおまかに二つであり、一つは社会主義国に対する見方に関するもの、二つは「自由」についての考え方そのものについてのものであった。それらの批判に対する石川の基本的な立場は、ソビエトや中国の現実を目にして触発されたことは、日本の実状についての危機感であったということである。この危機感が、とりわけわが国の知識人に見られる保守性に向けられたのである。彼が「世界は変った」という論文を、「文化人知識人の意志が結集され、それが行動的になってくれれば、日本の運命は変るだろう」と結論づけていることは注目される。平成も四半世紀過ぎた今日の時点から見れば、信じがたいほどの楽観的、空想的結論だと言わねばならない。

ところで、先に引用した「月報」によれば、石川達三は新聞連載を開始するおよそ八ヶ月以前に小説の準備に取りかかったのであるが、八ヶ月前と言えば、昭和三十一年末頃ということになる。その時期に相当する三十一年十一月に、愛媛県教育委員会が教職員の昇給昇格を勤務評定によって実施すると決定し、ここから勤評反対闘争が始まる。そして、佐賀県での教員の大量解雇通告は、十二月十四日に県総務部長から年度内に二五九名の削減案として提示された。前年度に引き続く大量の首切りである。まさに義務教育そのものを切り崩すような無謀な提案であった。こうして、教育問題は単なる教育紛争ではなく、戦後日本における一大政治闘争となっていくのである。石川が「何か大きな小説の主題」が存在すると感じたのはまさに根拠のある予感であり、『人間の壁』は、彼の鋭敏な感覚が政治闘争としての教育問題をいち早く取り上げたところに最大の特徴があると言えよう。

2　佐賀教組事件

昭和三十一年は「教育の年」と思われるほど、政府自民党と文部省が次々と反動的な教育施策を打ち出し、それに対して日教組が全面的対決の方針を明確にした年だった。

前述のように、この年六月には文部省によって教育委員が任命制に変更されることが決定され、それに背を押されるように、全国各地で保守的、反動的な教育政策が強行されるようになったのである。その代表的な例が、佐賀県における大量の定員削減であり、愛媛県における勤務評定の導入であった。日教組を中心とする教職員組織のなかで、全国で最も弱体な組合の一つと見なされていた佐賀県の教職員組合が、已むに已まれぬ状況に追い詰められて、定員削減反対の闘争に起ち上がったことは、単に佐賀県だけの問題ではなく、いまや政府や保守勢力が進めようとしている反動的な文教政策との全面的な対決の様相を帯びていると、教育の動きに強い関心を抱いていた石川の眼に映ったに違いない。まさに戦後社会における「大きな小説の主題」にほかならない。別の表現をすれば、日本の現実を「逆行して行く国家の運命」として捉える作者の眼には、反動的、逆行的な政府や文部省と組織的に対決しようとしている教職員組合の闘いこそ、「真の自由」を実現するための行動であると思われたに違いない。

戦後一〇年になるというのに、日本はまだまだ貧困国から抜け出してはいなかった。佐賀県は最も貧困な県の一つであり、昭和三十年には赤字総額が八億円と言われ、十月には「自主再建計画」が県議会に提出された。そのなかには公立小中学校の教職員の定員を、二年間で四〇〇名削減する（全県の予算定員は八〇三七名）、また、臨時職員を三百名整理する（半分に圧縮）という項目が含まれていた（『人間の壁』のなかで主人公の志野田ふみ子先生が退職勧告を受けるのは昭和三十一年三月のことであるが、それは、この「自主再建計画」によるものであると見なすことができる）。さらに、昭和三十一年度には、「地方財政再建促進特別措置法」（自治省の監督）の適用を政府に申請し、「再建計画」を政府に提出した。それによると、教職員の欠員は補充せず、今後一〇年間に二六〇〇名を退職させる。小中学校の予算は昭和三十年度の一二億三七〇六万円を一〇年後の昭和四十年には一〇億四四〇七万円に削減する。また、昭和三十三年度には、小学校では校長以外の全教員をクラス担任とする。そして昇給はストップする、というものであった。

昭和三十一年十月から実施に移された「新教育委員会法」にもとづいて、教育委員が任命制となる。その結果は、教育委員会は教職員の意見や要求に耳を傾けるどころか、政府、文部省の行政的指導の先兵としての役割を演じる傾向が強くなっていく。佐賀県の場合、年度末までに二五九名の教員を削減する案を、こともあろうに教育委員会が決定したのであった。同時に県教委は、臨時免許状所持者全員に対して、退職願を提出するよう指示したのである。

これに対して佐賀県教組は、中央委員会で討議を重ね、全組合員による一般投票を実施して、翌三十二年二月十四、十五、十六の三日間、「三・三・四割」の休暇闘争を決行することを決定した。この休暇闘争は全組合員の九七％が参加するという画期的なものとなった。この闘争によって、県議会では、定員削減を取りやめ、逆に一七〇名増員する計画を決定するという成果を上げたのであるが、しかし、一方では組合役員への処分が強行された。これがいわゆる「佐賀教組事件」と言われるものの発端である。四月の新学期早々、県教組委員長と全執行委員、支部書記長の計一一名に対して、停職六ヶ月から一ヶ月の処分が通告されたのだった。

さらに四月二十四日には、佐賀地検と県警本部は、県教組本部や各支部、分会幹部の自宅など四二ヶ所を捜索し、前執行委員長や書記長はじめ一〇名の組合役員を逮捕したのである。また、警察は学校内に立ち入り、一四名を超える教師が取り調べを受け、そしてほぼ全教員に対して賃金の一日分カットが実施された。「三・三・四割」の有給休暇闘争に参加したことが「地方公務員法第三十七条の争議行為に触れる」というのが処分の理由である。

これに対して日教組は、五月五日、佐賀市で全国代表者会議を開き、地元の教職員を激励し、また、総評その他の労働者との団結を強めた。こうして五月九日には逮捕者全員が釈放されたのだった。

以上のような「佐賀教組事件」の経緯を見ると、事件の遠因が県財政の極度の貧困にあることははっきりしている。それは簡単に解決されるような問題ではないが、黙視できないのは県財政逼迫のしわ寄せを公立学校の教職員削減に求めたことである。教員が狙い撃ちされたのは、高い組織率を誇っている日教組の力を何とか削ぎたいという保守勢力の下心にあることは目に見えている。小説のなかでも描かれているように、県の方針通り昭和三十一年度末までに二五九名の教員が削減されれば、小学校一クラスの生徒数が六〇人をはるかに超えて七〇人にも達することになり、教育軽視どころか教育破壊そのものとなる。それを佐賀県の教育委員会は強行しようとしたのだった。その教育破壊からいったい誰が義務教育を守るのか。教職員がその先頭に立つ以外にはないのであるが、しかし、県教組はなかなか闘争方針を明確に打ち出すことができなかった。その理由は、教職員組合を取り巻く佐賀県民の保守的な風土に由来する。小説では「三・三・四割」闘争の方針を決定するまでの、組合内部での時間をかけた熾烈な議論が克明に描かれている。学校内外の批判の目を気にして、方針を安易には決められないのである。教師による実力行使的な闘争には消極的な組合員も少なくない。尾崎ふみ子先生の同僚である一条太郎先生は、組合執行部に対してつねに批判的な意見を投げつける代表的な存在であるが、彼は職場集会で、県財政と教員削減をめぐって、こんな意見を開陳する。

「もともとS—県は金がないんですよ。予算獲得っていっても、ないんですからね。教育予算をふやすためには、税金をふやすとか、役人の月給を減らすとか、道路工事をやめさせるとか、どこかそっちの方にしわ寄せをするんですか。……だけど、われわれがそんなこと、要求出来ますか。」

この先生は、県の財政状況については大変ものわかりのいい発言をし、冷静な判断を下しているように見える。しかし、彼の意見には、いちばん緊急の課題である学校教育の危機をどのように解決するのかということについて何の提案もない。ただ、組合執行部に対する傍観者的な批判を繰り返すだけである。

しかし、このような一条先生的存在は無視することはできない。たとえば、昭和三十四年一月に開催された日教組教研集会の基調報告で、桑原武夫は、「日教組は、この一条先生のような先生たちの中にあるよさというものをもう少し認める必要があるのではないか。そのよさを生かして、一条先生のような人々を組合の中にちゃんと抱え込み得るかどうかは、きわめて重要な問題であると思う」と述べている。一条先生のよさとは何か、桑原は詳しく説明しているわけではないが、また、教育者としてのよさと、組合員としてのあり様とを混同しているところもあるが、それはそれとして、組合運動全体から見れば、一条先生のような存在をも包摂した闘争方針を組む努力は必要であろう。だが、それ以上に問題なのは、一条先生のように職場集会で積極的に発言するほうがまだましであって、少なからぬ組合員は沈黙を守って一条先生の発言に頷いているだけという状態こそ、闘争方針が決定できない最大の理由なのであり、佐賀県教組では、こうした層が比較的多数だということなのである。

佐賀県全体が保守的傾向の強いところであることは、県を代表する地方紙『佐賀新聞』の県教組に対する論評が明らかにそれを証明している。たとえば、昭和三十二年二月十四、十五、十六日の「三・

三・四割闘争」が終わったあとの二月十八日の社説は、「先生の休暇闘争と県民の世論」という表題をつけてこう書いている。「先生たちはすなおな気持ちで、自己反省してみる必要がありはしないだろうか。（中略）『教育を低下させてはいけない』と、かわいい教え子のために叫びながら、なぜホコ先を学童たちに向けねばならないだろうか」。ここに見られるのは、生徒たちを犠牲にしたと決めつける、ごくありふれた典型的な批判である。さらに同じ社説は、先の一条先生の発言に輪をかけたような保守的な見解を表明している。「佐賀県財政の内幕は当事者でないからわからない。しかし一般論でいえば、教育は優秀な先生を沢山おき、学校施設も充実した方がよいことはわかりきっている。だが現実には政治があり、金が必要である。財源の多少によって教育規模も制限される。本県の教育国庫補助金を決めるのは政府、国会であり、県費負担金をきめるのは知事県議会である。これらの首長、議員はわれわれが県民として、国民として選びだしている。法的にいうなら赤字解消の県財政再建計画も県民の過半数が支持しているということになる」。

ジャーナリズムの文章が往々にして示す特徴であるが、一見いかにも良識的で中立的な見解を表明しているかに見えるこの文章は、よく読めばわかるように、誰もが知っているわかりきった内容であり、書いても書かなくてもいいような、意味のない文章なのである。むしろ、何の解決方向さえ提示していないようなものは、緊急の事態を前にしては有害であるとさえ言える。この社説はおそらく、この県全体が持っている保守性そのものを色濃く反映した典型的な見解に違いない。そして、こうした保守性を背景にして、組合役員に対する停職などの行政処分や、県警による教師の自宅捜査や逮捕処分が執行されたのである。

「佐賀教組事件」や愛媛県の勤評闘争を手始めに、第一節で触れた政府自民党の日教組攻撃と教育破壊が急速に強まっていく。政府からの教育現場への政治的介入に対して、「良識的な中立」はほとんど何の意味もない。そのような客観的な情勢を冷静に見つめている『人間の壁』は、教師たちの闘いの意味を、小説の終盤でこんなふうに指摘している。

教育が、教育であると同時に、政治活動であった。政治活動であると同時に、社会の理想であった。あたらしい国家を建設しようとする、民衆の祈願でもあった。したがって、教育を担当する教師たち、その組織体たる日教組が、保守政府から直接の弾圧をうけることは、ほとんど運命的なものでもあった。

3　女性教師像

(1) 教育の〝非常識〟

この小説では、主人公である志野田（旧姓尾崎）ふみ子の生き方がテーマとなっているが、それは主として三つの部分からなる三層構造として描かれている。
すなわち、ひとりの女性としての私的な生活、小学校の教師としての教育者の生活、教職員組合の婦人部役員としての組合活動の生活である。これら三つの構成部分は微妙に絡み合いながら、全体としてわが国の複雑で困難な問題である教育の実態を浮き彫りにする効果を発揮している。

志野田ふみ子が私的生活で経験したことは、それぞれ一編の小説を構成しうるほどの意味を持っている。たとえば、良人志野田健一郎との離婚、妻を病気で亡くした沢田安次郎との再婚話といった男性と女性の関係は、第二章「女性の自由」でも取り上げたように、いくつかの作品で扱われている石川文学の基本的テーマであった。しかし、『人間の壁』では、これらの重要な問題といえども物語の中心的テーマをなしてはおらず、どちらかと言えば簡潔に描かれているにすぎない。それよりは、ひとりの女性が、自立した、新しい生き方を追求する物語として捉える方が適切であろう。何よりも主人公は、一つ一つの問題を自分の意志によって決定してゆく自立的な女性として描かれている。彼女の私的生活における最大の決断の一つは、沢田先生からの結婚の申し込みを断る場面であるが、長い小説の最終局面におけるこの決断は、彼女の強い意志を感じさせる。志野田健一郎との離婚についても、あるいはまた組合活動への参加の場合にも、彼女なりに熟考を重ねた上での決断の結果として示されている。このように、自分自身の行為について主体的に選択する意志を明確にすることは、戦後女性の生き方が新しい段階に達しているものとして注目すべきであろう。

『人間の壁』は、昭和三十一年三月下旬、小学校の学年末の授業も終了し翌日が卒業式という日に、二人の女性教師が校長に呼ばれて、その日の午後に市の教育長のところまで出頭するように指示される場面から始まる。そして、組合の分会長によって緊急の職場集会が招集され、二人に退職勧告が出されていることがわかる。二人のうち一人の先生は、六年生のクラス担任であり、大事な卒業式を翌日に控えたときの退職勧告である。教育委員会によって取られたこのような措置の、教育の現場であるまじき〝非常識〟に対して、読者は小説の冒頭から驚きを禁じえないはずである。

しかしこのエピソードからおよそ六〇年が過ぎた今日の読者ならば、これを〝非常識〟と呼ぶこと自体がかえって驚きであるかもしれない。なぜなら、平成も四半世紀を過ぎた日本は、教育についての理解も考え方も逆転するほどすっかり変わってしまったと思われるからである。それを具体的に考えてみよう。

志野田ふみ子先生が担任している小学五年生のクラスにはさまざまな学習困難を抱えた生徒が存在しているが（一クラス五八人の生徒数も今日から見れば非常識な数だ）、浅井吉男という生徒は授業中に奇声を発し、席を立って他の生徒の邪魔ばかりしている問題児である。ところが、この生徒は登校途中に鉄道事故で死亡する。この子の家庭ではすでに母親が亡くなっており、しかもこの子だけ母親の連れ子だったので、父親と二人の兄は血のつながらない家族である。男だけの、血のつながらない家庭のなかで、死亡しても葬式さえ出してもらえないほど冷酷な扱いを受けていたのだった。志野田先生は、母親代わりとして、大阪にある慰霊の教育塔に参列することになる。休暇を取ってまでひとりの生徒のために出張することに対して、今日の母親たちからすれば、他の生徒の教育を犠牲にしている女教師の行為は〝非常識〟だと言って騒ぎだし、校長に異議を申し立てるに違いない。

また別の生徒は、浜辺の洞穴に父親と二人で暮らしていて、長欠の児童である。母親が蒸発してしまい、失業中の父親と漁をして生活している。先生は、ある日曜日家庭訪問に出かけ、現在ではホームレスと言われるような困窮生活を目撃する。先生は、漁ができない雨の日だけでも学校に来るようにと父子を諭して、ノートと鉛筆を渡してくる。貧困家庭の子供に就学の手を差し伸べる先生に対して、試験の成績で輪切りにされ、点数という魔物に追いかけられている現在の親たちから見れば、この女教師はとんでもない勘違いをし、〝非常識〟な振る舞いを犯していることになるだろう。

逆に今日では、以前には考えられなかったような〝非常識〟がまかり通っている。

埼玉県では平成二十四年の十二月に、翌年二月一日以降に退職する教職員に対して退職金を減額するという通達が出された。一五〇〇万円ほどの差が出るというので、一月中に大量の退職者が出たと新聞で報じられたことがある。年度末を待たずに二ヶ月前倒しで退職金を減額するという、考えられないような〝非常識〟を実施すれば、一月末日をもって退職する教師が続出しても不思議ではない。その結果、この年度はどの学校現場でも、二、三月は大混乱を来したのである。それほどまでに、現在の教育行政は信じられないような〝非常識〟が常識化しているのである。

あるいはまた、ある都市では、卒業式に教師たちが「君が代」を歌っているかどうか、教頭が一人ひとりの口元をチェックするよう校長から指示されている。教育そのものよりも教師のモラルまで管理する体制が強化される〝非常識〟がまかり通る事態にいたっている。

時代は大きく変わって、何が常識であり何が非常識であるか区別がつかないほど現代の教育の価値観は転倒しているとも言える。しかし、何よりも志野田先生には、生徒一人ひとりに目を配り、学習困難な生徒の事情を理解し、自分に可能な限り援助の手を差し伸べる熱意と気配りがある。それは教育者としての自覚であり、情熱であり、愛情である。言うまでもなく、教育の現場では効率的な教育のテクニックが求められ、試験の成績が向上するための教育方法が期待され、評価されるのはそれなりに理解できる。だが、いつの時代にも変わらぬ教育の基本的な原点と原則がある。それは、どの生徒にも公平に注がれる先生の熱意であり、愛情であることを、『人間の壁』は訴えかけている。

(2) 組合活動の経験

この長い小説が読者に与える第一印象は、おそらく、ひとりの女性が一年ほどのあいだに、こんなにも大きく成長しうるものだろうかという驚嘆であろう。

その成長には前述の三つの構成部分での変化が関係していることは言うまでもないが、とりわけ組合活動の経験が大きな比重を占めていると思われる。なぜなら、組合活動は最も自主的な活動であって、場合によっては管理職からの監視に耐えながら、組合とどのように関わるかは基本的にそれぞれ個人の判断にゆだねられているからである。

いったい、組合活動が教師としての成長とどのように関係しているのだろうか。

小説の冒頭でいきなり退職勧告を受けた志野田ふみ子先生は、それにどう対応したらいいかわからない。そこで教職員組合の分会長をしている竹越先生に相談する。そのときの彼女の組合に対する認識はかなり消極的なものだった。「彼女は教職員組合のことは、よく知らなかったし、興味ももってはいなかった。給料が上がるのは有難いけれども、そのために教室をはなれてデモ行進をやったり、県庁や市役所へ押しかけたりするような事は、好きでなかった。それだけのひまがあるならば、その時間で自分の勉強をするのが教師の任務だと思っていた」。

多くの教師のごく一般的な態度だと言えよう。しかし、いまは退職を迫られるという緊急の事態である。退職もやむをえないと諦めるのでなければ、教育委員会に対抗して身を守らなければならない。「自分の勉強をするのが教師の任務だ」などと言って、個人的な生活に閉じ籠もっているわけにはいかない。

職場集会が開かれ、いくつかの意見が出されるが、結局他の職場や支部全体の様子を調べることにしてひとまず会議を終え、分会長は市の組合支部へと出かけていく。志野田先生は、退職勧告に対して個人で対抗しても効果はなく、組合という組織された力によってしか解決できないことを学ぶのである。

昭和三十一年三月、第一節で見たように、国会に「地方教育行政の組織及び運営に関する法律案」が上程された。公選制の教育委員を任命制に切り替える法案であり、政府にとって都合のいい人選を進めることを狙いとしていた。この法案が衆議院で自民党の強行採決によって可決されると、日教組は各支部に対して闘争指令を出す。それに従って津田山東小学校の組合でも職場集会が開かれ、「新教委法」についての学習会が行なわれる。志野田ふみ子はそれまでは、「政治のことなど忘れて、ただひたすら子供たちの方に眼を向け、教育だけに専念したい」教師であったが、この職場集会を通してしだいに自分たちが置かれている事情がわかってくる。というか、考えざるをえなくなる。

しかし政治が、向うの方から、教師の生活と仕事のなかに踏み込んでくるのだ。政治の攻勢を防ぐために、今は組合の力に頼らなくてはならない。五十万の教師〔日教組に組織された全国の教員数〕の団結によって、職場と教育とを守らなくてはならない。彼女にもようやくその事が解ってきたのだった。

彼女は一組合員として、「新教委法」反対の署名を集めるために父兄の家庭をまわる。ところが、歯科医をしている父親から、今頃の教師は何だ、やれ賃上げ闘争だ、やれデモ行進だ、やれ反対運動だとまるで工場の職工と同じだと罵られて、追い返されてしまう。志野田ふみ子は、一言も反論できずにすごすごと引き返してきた自分が情けなくて涙を流し、教師というものの立場の弱さをしみじみと感じるのだった。そして、闘いの必要性を自覚する。

私たちは闘わなくてはならない。もしも教育を大切に思うならば、教師は闘う人でなくてはならない。闘うことによって教育の場を守り、子供たちを守り、教育者を守らなくてはならない。無理解な親たちと、無理解な役人たちと、ゆがめられた法律制度とを相手にして闘わなくてはならない。

このときからおよそ一年後、六年生の担任になっている尾崎ふみ子先生（旧姓に戻っている）は、家庭訪問の時期を迎える。その間に、すでに触れた「佐賀教組事件」が起こっており、県教組役員の逮捕という事件が県民を驚かせていた。彼女は再度歯科医の家庭を訪問し、以前と同じように子供の話よりも政治的な議論を持ちかけられる。だが今度は、この偏見を持った医師と堂々と渡り合うことができた。教育を取り巻く世間の状況も変わってきたかもしれないが、何よりも彼女自身の成長を見逃すことはできない。作者はその様子をこう表現している。

私たちの味方が、世間のなかで少しずつふえてゆくと、彼女は思った。しかし、それよりももっとうれしかったのは、あの医者に対して、去年はひと言も言えなかった彼女が、今日は立派に受け答えをして来られた、そういうこの一年間の自分の成長であった。

教師が向き合う相手は父兄だけではない。何よりも教室で毎日顔を合わしている生徒たちである。昭和三十一年も残り一ヶ月ともなると、どの組合も年末闘争を計画する。S－県教組は、十二月五日の統一行動に参加する方針を決定した。当日は正午から授業を打ち切り、集会に参加し、そのあとデモ行進するのである。尾崎先生は午前中の教室で光田悌一という生徒から質問を受ける。先生のストライキのことを、うちの父も母もそんなことをしたらいけないと言っています。どうして先生はそんな悪い事をするのですかと、尋ねられたのである。そこで尾崎先生は、自分の信ずるところを熱心にわかり易く丁寧に説明して聞かせる。彼女は生徒たちを納得させたことに満足感を覚えるが、大事なことは、作者が次のように書いていることである。

尾崎ふみ子先生はこういう一般的な情勢について、新しい知識をたくさんに教え込まれていた。それは彼女が組合支部の仕事を分担するようになってから、急速に知らされた新しい社会観であった。彼女はこの数ヶ月のあいだに自分自身の大きな変革をなし遂げることができた。そしてその事は、教室における教師としての彼女の革命でもあった。

光田悌一が提出した困難な質問に対して、彼女が懇切な説明をして、ごまかしのない理解を与え得たことは、彼女が組合活動から学んだ新しい思想のおかげだった。

ここでは、教室における教師としての教育活動と、組合活動で学んだこととが密接有効に関係し合っていることが強調されている。「彼女の革命」と強調されるほどに、作者は、組合での活動と学習が教師としての資質の向上にとって大きな役割を果たしていることを示したかったと考えられる。

昭和三十二年二月一日から五日まで、日教組の第六次教研集会が雪の金沢で開催された。尾崎先生はS―県の代表団のひとりとして分科会報告を担当した。PTAの問題がテーマの分科会で彼女が報告したのは、「父母との連携について」のS―県の実状と一つの提言であった。農村部のPTAでは、母親がなかなか会合に出席しにくい状況や、出席しても発言を控える状態、「若い父母の会」を中心に若い親たちとの提携を重視したいといった提言をしているのだが、取り立てて優れた報告とは言えないものである。しかし彼女は、分科会ですでに発表された他府県の報告を聞いて、自分の県と比較しながら自分の報告のなかに取り入れている。小説のなかではこの報告についてのコメントは全く書かれていないが、尾崎先生にとっては、報告の準備やまとめ、他の報告の摂取などによって、たいへん勉強になった教研集会だったに違いない。

余分なことになるが、現実の日教組教研集会金沢大会では、初日の特別講演で、作家の阿部知二が「歴史と人間形成」と題して話をしている。阿部は、アナトール・フランスの『聖母の軽業師』を紹介しながら、「真実というものは（それを聖母、神といってもいい）やはり人間らしいものをこそ愛するのではないか。真実というものは人間らしいところにこそあるのではないか」と述べていた。この講演を聞いていたはずの全国の先生方は、さまざまな組合活動を体験しながらその意味を理解しようとし、貪欲に学ぼうとする向上心の強い教師たちであったから、「人間らしいもの」を強調する阿部知二の話に、大いに感動と共鳴を覚えていたに違いない。

(3)休暇闘争

昭和三十二年二月十四、十五、十六日の「三・三・四割闘争」で、いよいよこの小説のクライマックスを迎える。S―県教組が組んだ歴史的な統一行動の三日間であり、厳しい議論を重ねてようやく決行にこぎつけた闘いの三日間であった。

尾崎ふみ子先生も組合支部の婦人部責任者として、女性教員の参加を促すべく努力を重ねたはずだが、そのことは小説のなかでは描かれてはいない。具体的に描かれている場面は、津田山東小学校のＰＴＡ役員が露骨に介入してきて、二月十四日の当日職員室に乗り込んでくるところである。明らかに越権行為であるＰＴＡの介入とは、会長が職員室で一人ひとりの教員に対して翌日以降の行動に参加するかしないか、返答を迫ろうとしたことである。全く答える必要もない質問に対して、尾崎先生は怒りに駆られて発言する。「明日からの休暇闘争に、どんな事があっても、参加するつもり」ですと。それは余分な発言であったが、しかし彼女の強い責任感と決意とが示されていたのだ。日々の地道な組合活動を通じて培ってきた信念の、それは揺ぎない表明であったに違いない。

すでに「佐賀教組事件」について見たように、四月に入ってS—県教組の指導部のうち一〇名が県警によって逮捕される。刑事事件に発展したのである。そのことで尾崎先生は、組合に批判的な一条先生と議論を交わしている。ここでは彼女は、堂々と自分の考えを主張して譲らない。明らかに一年前とは大きな違いである。

ですから、一条先生……私は、反動的な教育行政とか、教育の政治統制とか、そういう事と闘うのは、教師の使命であり、教師の運命だという気がするんです。今のような時代には、「教育者は、同時に闘う人間でなくてはならない」そういう言葉を聞いたことがありますが、私もその通りだと思うんです。

教師が「闘う」とはどういうことか。尾崎先生は、「人員整理に反対するのも、すし詰め学級に反対するのも、そういう私たちの、一人々々の良心や責任感にかられて反対するのであって、本当を言えば、闘争に勝つとか負けるとか、そんな事は問題ではない」と言っている。こうした彼女の意見に接すると、この人が教師としても組合の活動家としても、自分たちを取り巻く教育の現状がどのような状態に置かれているか、それに対してどういう態度を取るべきかについて、深い洞察力を持っていることがわかる。

尾崎ふみ子は、小説の最終章（「その日のために」）で、沢田安次郎に長い手紙を書く。それは、沢田の結婚の申し込みに対する返事であると同時に、彼女の教育者としての決意表明でもある。

（どうすれば本当に良い教育ができるのか）……それだけしかないと思うのです。闘いの目標は文部省でもなく保守政党でもなく、より高いもの、より純粋なもの、すなわち教育そのものが私たちの闘いの目標でなくてはならないという風に考えるのです。（中略）危機に立つ私たちの教育を守り、組合の仕事をも性根をすえてやって見たいと思っているのです。

いささかきれいにまとめすぎている手紙のような気がしないでもないが、長い小説の全体を通じて尾崎先生は大きな成長を遂げていることは明らかである。言いかえれば、小説の最終章で、主人公尾崎ふみ子の三つの生活が統一的な視点で展望されていることがわかる。「教育そのものが闘いの目標」となるべきだという決意にそれが集約されている。教育とは日々の闘いにほかならない。

4　小説の構造

(1) 主題の移動

『人間の壁』は伝統的な小説概念からすれば、全く異質な、型破りの作品であることは間違いない。

そのことは作者も自認していて、「『人間の壁』を終って」という文章のなかで、「小説であるか無いかなどという事は、極めて少数の文学専門家が論ずることであって、読者大衆とは関係がない。（中略）小説というわくよりも、もっと大きな規準によってこの仕事を進めて行きたかった。結局、私の書いたものは、小説に名を借りた報告書であるかも知れない。外国で流行しているというノン・フィクションの系列に属するものかも知れない。私は、フィクションであろうとノン・フィクションといわれようと、どっちでもよいのだ」（『朝日新聞』昭和三十四年四月十四日）と書いている。小説であるかないかを問題にすること自体無意味なことだと言わんばかりである。その背景には、全国各地で婦人を中心とした読書会や研究会が数え切れないほど開かれ、また読者の主催する出版記念会も催されるなど、圧倒的多数の熱心な読者を獲得したことがあった。「日本の義務教育の世界に何か大きな小説の主題がある」と狙いを定めて取り組んだ時点ですでに、作者には、「小説というわくよりも、もっと大きな規準によってこの仕事を進めて」行かざるをえないという覚悟が芽生えていたのではないかと思われる。そのことは、すでに触れた「複雑なものの醜怪な姿」に挑戦しようとする作者の姿勢に表われていた。そして、この「醜怪な姿」は、小説の初めの方の「いばらの道」の章で、早くもその実態が明らかにされているからである。

「いばらの道」の章で作者は、教育委員の公選制を任命制に切り替えようとする保守勢力と、それに反対する革新勢力との闘いが激化したのは昭和三十年の初めからであるとして、「日本の教育をめぐる二つの勢力圏」について、以下のように説明している。これ以降の小説の展開に関わる基本的対立の構図であり、また、対立の分岐点として教育勅語に対する態度を見ようとした、たいへん明快な説明なので、長い引用になるが紹介しておく。

一方には政府とその与党である保守政党、それに同調する勢力がある。「これらの人々に共通な考え方は、戦後の新しい教育が非日本的であるということ。日本には日本の教育の伝統があり、外国流の民主教育などは日本の社会秩序をみだすものであるということ。今日の民主教育は共産主義をそだてる下地になるだろうということ。教育勅語こそ日本の道徳の根源であるということ。要するに日本の教育を戦前のかたちに引きもどすことが最善であるという考え方に、大体において一致しているようであった」。

他方には革新政党や労働組合、革新的な思想を持つ学生団体その他の勢力がある。「この人々に共通した考え方は、日本の教育を決して戦前にもどしてはならないということ。民主教育を徹底させなければ日本はふたたびあの大戦争の惨禍を味わうだろうということ。忠君愛国主義の教育は民衆を国家の犠牲に供するものであるということ。その禍根をなすものこそ教育勅語であるということ」。

この二つの勢力の対立が、具体的には政府・文部省と日教組との正面からの対決というかたちを取って表われている。石川達三はそれを宿命的な対立として捉え、こう書いている。「この二つの教育に関する思想の分離は、ほとんど妥協の余地はなかった。一方が他方に屈服するまで続けられるより仕方がない。そして、いずれの勢力が教育界を支配するかによって、日本の運命はきまる」。

「日本の運命はきまる」という表現はただ事ではない。思わず筆が奔《はし》った誇張でないとすれば、教育をめぐる二つの対抗勢力の闘いがどう決着するかによって、日本の進むべき方向が決定的に変わると言っているのである。もちろん「日本の運命はきまる」という表現は小説家の予感のようなものであって、社会科学的な根拠が示されているわけではない。これはもはや、尾崎ふみ子先生やS―県の教育レベルの問題ではなくなる。教育のレベルを超えた、日本という国そのもののあるべき姿の問題となっている。作者が執筆の当初からそれだけの問題性を意識していたとすれば、『人間の壁』が一般的な小説概念の枠をはみ出したとしても不思議なことではない。それほど、昭和三十一年という年が戦後の時代の大きな転換点であると、作者は認識していたことになる。そして、それが大きな転換点であると認識しうるのは、作者固有の時代感覚によるのであり、石川達三の社会派小説は、このような時代感覚に支えられて成立していると言って間違いない。

　こうして、ひとりの女性教師を主人公に想定して出発した教育小説は、その主題が早い段階から教育をめぐる巨大な勢力の闘いの物語へと中心を移動させていき、その結果、従来の小説概念をはみ出していくことになったのである。

⑵その日のために

最終章「その日のために」は、物語の締めくくりとして、おそらく作者が最も苦心した部分の一つではなかったかと想像される。主人公尾崎ふみ子のそれ以降の生活を予想するために、すでに述べた三つの構成部分のそれぞれについて展望を示さなければならないからである。

第一に、女性としての私的生活に関しては、沢田安次郎宛の長い手紙が一つの結論を物語っている。彼女は沢田からの結婚の申し込みに対して、長いあいだ悩んだ末に断る方を選んだ。その理由をいろいろ書いているのだが、私的な生活よりももっと大事なことがあるというのが結論である。「こんなひどい時期に教師となったのも、私に課せられた一つの運命であるかもしれません。せめて自分の私事を忘れて、働いて見たいと存じます」と、書いている。

それに対する沢田の返信は、何もかも知り尽くしたような、達観した大人の意見である。「あなたはいま、あなたの生涯のなかの最も貴重な一時期に立っておられるようです。燃えるだけ燃え、輝くだけ輝いてごらんなさい。たといあなたの掲げる灯し火は小さくとも、後につづくだれかのための良き道しるべとなるに違いない」。沢田安次郎はさすがに老練な教師だけあって、ひとりの教師が情熱を傾けて作り上げた成果は、必ず次の世代に引き継がれるものだということを、希望を込めて語っている。

こうして二人のほのかな中年の愛は、それぞれの私的な生活よりも教師としての仕事を優先するという論理を承認することで決着がつけられる。

第二に、教師としての生活では、五月初めの家庭訪問が描かれている。小説のなかでは前年に引き続いて二度目の光景である。五年生のクラスをほとんど持ち上がった尾崎先生は、一クラス五七人の生徒一人ひとりの家庭環境をほぼ知悉していて、学校教育がそれにどこまで対応できるかという疑問を抱えたまま一年が過ぎていた。これはおそらく、社会のなかに複雑で大きな矛盾が存在する以上、永遠に解決の見つからない難問であろう。それゆえ、国の政治と教育界とがそれぞれ役割を分担し、相補的な共同関係とでもいったものが成立しうる理想の社会が実現しない限り、解決の道は遠のくばかりである。現実には、教育をめぐる二つの勢力圏の根深い対立があり、文部省と日教組との抗争が激化する一方の情勢では、日本の教育が抱える矛盾は混迷化の道へと向かうしかない。

尾崎先生は「生徒たちのたくましい体に望みをかけ、正しい心に期待をかけていた。やがてこの子供たちが健康な青年となって、新しい日本の社会を築いて行く」と、生徒たちや日本社会の未来像を美しく描いているのだが、日本の現実はそれほど生やさしいものではない。

第三に、組合活動の生活がある。尾崎ふみ子は組合支部の常任委員という役割を担っているので、とりわけ婦人部の支部活動にはそれなりの責任を負っている。

最終章では、組合の具体的な取り組みというよりも、彼女の組合運動に対する姿勢や決意といったものが、家庭訪問時の歯科医との対話や、沢田安次郎への手紙を通して述べられている。これらは一度前章で触れたところだが、組合活動に限って改めて見ておきたい。

彼女は家庭訪問で、一年前に一言も反論できなかった倉本歯科医と向かい合っている。今回もまた先生の組合活動のことが議論になる。しかし今度は彼女も負けてはいない。たとえば、歯科医が組合活動は政治運動ではないかと迫るのに対して、「政治活動です。でも、政治に野心があるのではなくて、教育改善のためにやむを得ずやっているわけです。ご存じでしょうけれど、政治活動だけをやっている訳ではありません。教育研究も一生懸命にやっております。戦前とくらべて見ますと、教育の進歩は大変なものだと思います。私どもでも、なまけていたらとてもついて行けないほど、どんどん新しくなっているんです」と答えて、堂々と反論している。正当な政治活動もやるが、教育研究もしっかりやっていると臆せずに言える自信こそ、組合活動を正当化しうる根拠であると言えよう。

一方、沢田安次郎宛の手紙には、もっと直接的に保守党政府の教育政策に対する批判が述べられている。ある意味ではたいへん厳しい政府批判となっている。

今は教育の危機です。ほんとうに日本の教育はじまって以来、こんな大きな危機はなかったろうという気が致します。私たちの目ざしてきたこの民主教育が、保守党政府の意図のままに逆転させられ、国家主義的な方角に引きもどされて行ったとすれば、この時代は教育の絶望の時期、教育の暗黒時代として、将来の歴史家に指摘されることになろうかと存じます。

この指摘はおそろしいほど厳しいものであって、歴史を透視する鋭い認識を示している。なぜなら、彼女の指摘はそのまま、教育を「国家主義的な方角に引きもど」そうとする安倍政権や自民党政府に対する正確な批判となっているからである。

(3)日教組の敗北

『人間の壁』の作者は、戦後日本の教育界における二つの相対立する勢力の宿命的な闘いを描き、その帰趨によって「日本の運命はきまる」ことに危機感を抱いたのだった。だが、この対立は最初から勝負がついている。政府自民党はあらゆる権力を掌握しており、一方日教組は組織の維持に汲々としているからだ。

昭和三十一年六月二日に、自民党政府がその権力の一部を行使して参議院で強行採決し、教育委員を公選制から任命制に変える法案を可決したとき、すでにこの対決の決着が予告されたのだった。

日教組は敗北した。自民党が勝った。その勝利が、やがて勤務評定問題となり、管理職手当問題となり、学校管理規則問題となって、日教組をますます危地に追いこんで行く最初の基盤となった。日教組はもはや、五十万の教師の団結だけを頼みにしてはおられなくなった。（父母と手を握ろう、母たちと手をたずさえていこう）……それが、官僚勢力から民主勢力をまもる最後の砦《とりで》だった。

五〇万の教師をまとめるだけでも難問題である。また、同じ教育関係でも、高校の組合、私立学校の教職員、さらには全国の大学の教職員などともっと連帯を強めるべき課題も抱えていた。それゆえ、教育関係以外の他の労働組合や、父母たちとの連携といった取り組みにまで手を広げるのは容易なことではない。

その後、日教組と文科省・自民党との対立はどのような結果にいたったか。小説『人間の壁』の枠を超える時代に視線を移すことになるが、その帰趨を一瞥しておきたい。

両者の「和解」の兆しが見えるのは、日本の政治の世界が激変して、平成六年（一九九四）六月に自民党と社会党が連立政権を組み、村山富市社会党委員長が総理に就任してからのことである。この年十二月に文科省、自民党、日教組の三者会談が実現しているが、出席者は与謝野馨文相、森嘉朗自民党幹事長、横山英一日教組委員長であった。

それより半年以上も前の四月に、日教組は「二一世紀ビジョン委員会」を設置して、従来の運動方針を見直し、文科省との協調路線を探ろうとしていた。ほぼ一年後の平成七年四月には、この委員会の最終報告が出て、予想通り文科省との協調を前面に出したものとなった。

このときの文科省との対立点は、主要には五つあったと言われている。すなわち、学習指導要領、初任者研修、職員会議の位置づけ、主任制、日の丸・君が代の強制の諸問題である。しかし政治の舞台では、社会党が自民党に妥協して、日の丸・君が代は容認してしまったし、日米安保条約についても承認に変わっている。日教組だけが文科省に反対しようにも、もはやそれだけの力量はなくなってきている。

この時期の教育現場では、これまでとは異質な、重要な課題が重くのしかかっていた。いじめ、不登校、学内暴力など教育の根底そのものが荒廃の極に達している。文科省と日教組が互いのメンツにこだわって不毛なイデオロギー対立にとらわれている状況ではなかったのである。

一方、日教組の組織率は全盛時の九割から、平成六年には三四％に落ち込み、新採用教員の加入率となると二割に届かない状態だった。足元の組合自体が存立の危機に立たされていたのだ。

こうして、平成七年七月に、日教組横山委員長と与謝野文相との会談によって、正式に「和解」が成立した。これを受けて、九月の日教組定期大会では、激論の末、先の「二一世紀ビジョン委員会」の提言に基づく新路線が承認されたのだった。この「和解」をめぐって、『朝日年鑑』一九九六年版は、日教組を支援する立場から、以下のような注文をつけている。「組織率が低下しても、教研集会でみられるような現場に根差した歴史的な教育の実践の蓄積はゆるぎないものがある。そうした積み重ねを無にしない和解、協調であることが必要だ」。

毎年積み重ねてきた日教組の教研集会は、一般の教員の要請に応えて、日常的な研修と苦労を集約して開催されてきたものであり、そうした地道な努力の結集こそ教育活動が大切にしなければならないものなのである。それは、日教組のような組織された教師の力によってしか成果を上げることができないものだと言えよう。

しかしながら、日教組が実質的に敗北を喫したのはそれよりずっと以前だったように思われる。そのことを物語る興味深い著書がある。『戦後教育はなぜ紛糾したのか』と題するもので、著者は長年文科省に勤務した、いわゆる文部官僚である。

著者は、戦後教育の紛糾は主として文科省と日教組の争いのかたちを取ったとして、文科省の側から見た戦後教育史を辿っている。よく見ると、文科省と日教組の対立という記述から、いつの間にか日教組の名前が表われなくなっている。それはこの著書の半ば（第十四章）からで、習熟度別の学級編成をめぐって、能力主義か平等主義かの議論が巻き起こった時期に当たっている。習熟度別学級編成が導入されたのは昭和五十三年改訂の高校指導要領だった。この平等主義か能力主義かの論争を扱う元文部官僚の視野から、もはや日教組の存在はすっぽり抜け落ちてしまい、それ以降の記述で日教組は問題にもなっていない。つまり文科省にとって、この時点で日教組は相手とするに足りない存在になっていたことを正直に証明しているわけだ。

教育の舞台から「悪者」は消えた。ところが実は、もっとたちの悪い厄介な魔物の存在に気づいたが、時すでに遅しであった。それは、官邸主導の「教育改革国民会議」（小渕内閣）と「教育再生会議」（第一次安倍内閣）である。文科省は、首相直属の組織からの指示に従うしか能がなくなった。それゆえ、この著者の締めくくりの文章は、悲惨な皮肉のように聞こえてくる。すなわち、一九八七年にアメリカの専門家から提出された日本の教育についての評価を受けて、こう書かれている。「こうしてみると、わが国の教育の問題点があぶり出されてくる。日本の学校がかつて持っていた大切なものをもう一度取り戻すことが、これからの学校教育の質を高めるうえで必要である」。ここで言われている「日本の学校がかつて持っていた大切なもの」とは、戦前の「教育勅語」教育のことではなくて、実は、戦後民主教育が、わが国の多くの教職員の努力によって実現してきた成果そのものにほかならないことを銘記しておきたい。

第五章　自立する女性

――『充たされた生活』――

昭和三十年に五〇歳を迎えた石川達三にとって、三十年代は作家生活のなかで最も実り多い、多産な時期だった。もう一度塩澤実信『ベストセラー昭和史』によれば、売り上げベストテンにランクインされている石川の作品は、昭和三十年の『自分の穴の中で』、三十一年の『四十八歳の抵抗』、三十三年の『人間の壁』、三十六年の『充たされた生活』、小説ではないが『不安の倫理』も三十年にベストテン入りしている。一〇年間でベストテン入りした著作が五本もある作家は他に見当たらず、石川達三の昭和三十年代がいかに多くの読者を獲得し、充実したものであったかがわかろうというものである。しかし、このような統計に表われた結果はそれとして、重要なのは、昭和三十年代に発表された小説群において、石川達三が何を、どのように描いたのかということである。

第二章において、昭和二十年代の作品のなかから『幸福の限界』『泥にまみれて』『薔薇と荊の細道』

を取り上げて、二つの全く異なったタイプの女性、すなわち戦前生まれの主婦が求める生活の安定と、戦後の若い女性が要求する「自由」な生活との対照的な諸相について論じた。これらの作品で示されているのは、男性よりも女性の方がさまざまな問題にぶつかって、悩み苦しみながら生きて行かざるをえない宿命を背負った姿だった。何よりも、昭和二十年代の日本はまだ貧困から抜け出してはおらず、生活も不安定で、新しい生き方と言っても未確定な状態であり、それゆえ、小説のなかの若い女性たちの生き方は未熟なままでに不安定なものとして描かれていた。

しかし、三十年代の小説では、たとえば前章で見た『人間の壁』の主人公尾崎ふみ子のように、女性が自立した職業人として登場する。『人間の壁』は、教育委員会からの退職勧告を拒否して、組合活動に参加しながら、担任するクラスの生徒たちの成長をひたすら願い、教育と向き合う一人の小学校教師の物語であった。注目しておきたいのは、こうした主人公の生き方は、自分自身の意志によって決定されているということである。周囲からのさまざまな意見や干渉や忠告を受けながらも、主人公は自分自身の決断によって自分の道を歩んで行こうとしている。ここに戦後女性の新しい生き方が典型的に示されていると言うことができる。

この章では三十年代半ばに書かれてベストセラーとなった『充たされた生活』を中心に、三十年代における女性の生き方を扱った石川達三の小説の特徴について見ていくことにしたい。

1　昭和三十年代の主婦論争

昭和三十年（一九五五）二月号の『婦人公論』に、石川達三は「女給といふ名の女たち」と題する短いルポルタージュを発表している。この号は、「働く婦人に捧げる特集号」と銘打ったもので、石川は、『婦人公論』の記者が、アルバイト・サロンを見に行かないかと私を誘いに来た」のをさいわいに見物に出かけた、と書いている。この見物による成果とでも言うべきものは、同じ年の五月号から九月号にかけて同誌に連載された『親知らず』という中編小説のなかで、二人姉妹の妹治子が体験するアルバイト・サロンの生態描写のなかに生かされているように思われるが、しかし、それだけのことにすぎない。

むしろ注目すべきなのは、この二月号に掲載された石垣綾子の「主婦という第二職業論」であろう。その後、いく人もの論者によって関連論文が書かれるきっかけとなり、いわゆる「主婦論争」を引き起こしたこの文章は、六〇年後の今日の時点から見れば、当時のアメリカ中流家庭を見習うべきモデルとして、日本の主婦たちに自覚を促して叱咤激励している、といった印象を与える。

石垣論文の主張するところを要約すれば、第一に、日本の大多数の女性は、安住の地として主婦という第二の職業におさまっているが、実際にはそれに決して満足しているわけではない。第二に、資本主義の発達にともなって社会的分業が進み、これまでの主婦の仕事はかなりの部分を社会が引き受けてくれるようになってきた。また、洗濯機や掃除機などの生活機器が発達して主婦に時間的余裕が出てきた。第三に、女性の解放や男女の平等を要求するのであれば、職場という第一の職業と、主婦という第二の職業を兼ねていかねばならない。働くことは、男にとっても女にとっても人間としての権利であり義務である。

こうしてみると、石垣論文の新しい特徴は、女性は家庭というこれまでの桎梏《しっこく》からいかにして解放されるべきかを論じたことにある。この場合、論点の提起の仕方は、主婦を「第二の職業」と呼び、いわば社会における機能の問題として主婦を論じたことである。それまでの女性論と言えば、夫婦、親子、嫁姑などの人間関係の問題として取り扱われることが多かった。そういう点で、石垣論文は主婦を新しい角度から捉えようする問題意識が鮮明だったと言えよう。「主婦という第二職業論」は、昭和三十年代になって女性の新しい生き方を宣言するという意味を持っていたのである。

石川達三は、この雑誌で「働く女性のルポルタージュ」を担当したのだから、おそらく他の特集論文についても目を通していた可能性は高いと推測されるが、しかし、この「主婦論争」に直接関わるものは何も書いていない。彼の主婦論と言うべきものは昭和二十年代に執筆された『幸福の限界』や『泥にまみれて』においてはっきりと表明されている。それゆえ、もしわれわれがこの「主婦論争」に関連づけて石川達三の主張といったものを求めるとすれば、彼がこの時期に発表した小説作品以外にはないが、それは、上記の『親知らず』、そして『夜の鶴』（昭和三十二年）ではないかと思われる。

『親知らず』が連載されているあいだにも、同誌には石垣論文に関する賛否両論が何人かの論者によって発表されている。小説形式によるこの「論争」への参入と言えないこともない小説『親知らず』は、再婚した夫婦が高齢でもうけた二人の子供をめぐる家庭の問題をテーマにしている。つまり、石垣綾子の「主婦という第二職業論」が主婦の問題を、主として社会的機能という側面から論じた結果、家庭内における親と子の関係、ないし子育ての問題を欠落させてしまった点に対する批判として読むことが可能なのである。『親知らず』は、家庭環境によって子供の成長が規定されてしまうという明確なテーマを持って書かれた小説なのだ。

2　『親知らず』と『夜の鶴』

父親の松浦康信は五三歳で三度目の結婚をした。妻恆子も再婚だったが、まだ四〇歳前だった。結婚の翌年に長女が生まれ、次の年に二女が生まれた。二女が生まれたとき、五五歳になった康信は定年を迎えた。そして、長女が高校に入学したときには、父親は七〇歳の老人になっていた。この小説は、父親の高齢ということが異常に強調される。

この親と、この子との間には、一つの世代が抜けてゐた。つまり康信は祖父であるべき年齢でありながら、やっと父になったばかりであった。子供たちにとっては、父が居なくて祖父が居るといふ風なかたちであった。（中略）半世紀のへだたりは、年齢のひらきと云ふよりは、殆んど人種の差のやうなものであった。

作者は父子の年齢の差を「恐るべき不幸」とも表現している。そして、小説の最初から最後まで、年齢差によって引き起こされる不幸を強調するだけではなく、康信の精神的、肉体的な老いについても繰り返し描いている。「彼等〔康信と恆子夫婦のこと〕はもう相当の年寄りであったから、自分たちが命を支へてゐるそのことだけでせい一杯で、娘の身の上のことを考へたり心配してやるだけの、気力も精力もなかった。したがって、もはや事実上は親ではなかった」。

一方、母親の恆子は「貧しい家庭に生まれた女で、小学校だけしか出てゐなかった」。それゆえ彼女は、二人の娘に学問をさせ、大学に入れることだけが唯一の目的となった。学部とか専攻は何でも構わない、とにかく大学を出ることさえできればそれでいいのだった。この異常な思いが娘たちに対する姿勢をいびつなものにしたのである。

長女の政子は、ある私立大学の法学部に入学したあと、自分の将来を思い悩み、自殺しようとするが思いとどまって、修道院へ入ってしまう。世間との関係を完全に断ち切った彼女は父親の葬儀にも帰ってこない。また、二女の治子は、洋裁学院に入学の手続きをしただけで通学することもなく、親には内緒でアルバイト・サロンや酒場で働き、あげくの果てに子供を身籠もってしまうような生活を送る。二人の姉妹のそれぞれの生き方は、両親との年齢差がもたらした家庭内の「恐るべき不幸」の結果なのである。『親知らず』とは、家庭環境が及ぼす影響がいかに大きいかを証明する、それだけを目的とした小説なのだ。

彼女〔治子のこと〕の知ってゐる家庭とは、自分の家であった。年老いた父と母との、暗い、喜びのない、生気の無い家庭だった。あのやうな家庭をつくって、その中に閉ぢこめられてしまふくらゐならば、死んだ方がいいやうなものだった。彼女の家庭のさびしさが、治子を家庭的でない女にしてゐたのだった。家庭といふものに夢も希望も感ずることのできない女になってゐた。

家庭のあり様を執拗に追求するこの小説は、主婦を第二の職業と規定する論理に対抗するための石川達三の批判として読むことも可能であるように思われる。

『夜の鶴』は、昭和三十二年一月号から十月号まで『婦人倶楽部』に連載され、同年十月に単行本として刊行された。石川達三の代表作『人間の壁』が新聞に連載され始めるのはこの年の八月であり、執筆の時期は少しばかり重なっている。石川は「同じくらいの時期に、私の最も大きな作品であるところの『人間の壁』を書いている。これは日本の義務教育の世界を描いたものである。だから一方では学校教育、他方では家庭教育を主題にした二つの作品を、ほとんど同時に書いたことになる」（『石川達三作品集』月報18）と、自らの作品を解説している。

『夜の鶴』は、結婚を目前に控えた娘の父親が、その結婚相手の青年宛に書いた長い手紙という形式の書簡体小説である。ごく常識的に言えば、このような青年を相手にした場合、父親はひたすら娘を頼むと頭を下げるものだろうが、この小説はむしろ、娘をこれだけしっかりと育てたと自讃しているように読める。両親が協力し合って、子供の「家庭教育」に気を配ってきたことが強調されるのである。

それゆえ、冒頭の一ページで次のように表現されると、久保田正文が言うように、「とついで行く娘をもつ世の常の父親は、多かれすくなかれ、この作品にみずからの心情の反映をみる」（『新・石川達三論』）、と思っても不思議ではない。

古来、すべての娘たちは、成長すると共に父をはなれて、愛する者と二人きりの生活にはいって行った。彼等の幸福な結婚のかげに、絶えざる父の嘆きがある。人類の歴史を、もしも愛情と結婚との歴史であると云う見方をするのならば、それは同時に、置き去りにされた父親の、何百世代にわたる嘆きの歴史でもある。

このような「父の嘆き」が多くの父親に共通するものであるとすれば、運命と言うよりほかはないだろう。だが、この小説の主題はそれが主要なものではない。

『親知らず』の親子が、あまりにも年齢が離れすぎているために親としての役割を果たすことができなかったのとは全く対照的に、『夜の鶴』は、娘の誕生から二十数年間にわたってたえず日常的に子供の教育を考えてきた父親の姿を描いている。それは、時間的、精神的、財政的によほど余裕のある家庭でなければ不可能な、特別のケースであると思われるが、作者はこの家庭が特別であることをむしろ強調さえしている。「『夜の鶴』も堅実且つ健康的である。しかし世間に無数に居る親たちがその子を育てるについて、果してこれほどに堅実であり健康的であり得たか。多くはもっと怠惰であり、もっと横着であるのではないだろうか」（前掲月報）。

浜野健三郎は、『夜の鶴』を作者の私的体験を綴った私小説として捉え、石川の年譜を確認しながら執筆時にはまだ二〇歳だった長女に触れて、小説執筆の動機を「三十歳と言えば、そろそろ適齢期である。いつかは最愛の娘とも別れなければならない日が必らず来る。その時に備えて石川達三は「心の訓練」をするためにこの作品を書く気になったのではなかろうか」（講談社文庫解説）と推測している。現実生活でやがて訪れるその時のために「心の訓練」をするというのはありえないことではないが、果してそのことだけで作家は小説を書くものだろうか。

石川達三があれだけ繰り返し批判してきた私小説的手法をあえて用いてまで、封印を解くかのように、自分の家庭生活を開示したのは、いささか強引な推測をすれば、昭和三十年代に入って、にわかにもてはやされた主婦の社会的機能を中心とした議論に対して、あくまでも人間関係を中心とした、日常的な家庭の堅実さの重要性を対置するためであるように思われる。そして、ことさらにきわめて古風な夫婦関係論を主張しているところにもそれなりの理由があると思われる。

一人の男を良人と定め、その人の妻となって、従順な気持になり、自分を捨てて尽して行こうとする、その心根が悲しくてならないのです。これは本質的に女性がもっている、永遠の悲劇です。私が男として、どうしても女を愛さずに居られないのも、その事のためではないかと思うのです。

だが、どう見てもこれは、「第二職業論」に対置して「家庭教育」を強調しすぎる、いささか時代錯誤とでも呼ぶべき夫婦論としか言いようがない。

3　昭和三十年代の空虚感

『充たされた生活』（昭和三十六年）は、石川達三にしては珍しく書き下ろしの長編小説である。昭和三十五年秋から三十六年春まで、「時間をかけて」（『経験的小説論』）執筆したという。石川はこの作品が執筆された時期の自分史を簡潔にまとめている。

ただあの事件〔六〇年安保闘争のこと〕が一応終わったあと、自分の外に向っていた関心の目標を、今度は自分の内部に向わせようとする一種の回帰があった。まる二年以上つづいた「人間の壁」の仕事を終わり、ソ連の文学者大会に列席し、アジア・アフリカ作家会議に関係した後に、いわゆる社会派作家の外に向いた姿勢から、もう一度自分自身に還《かえ》り、緻密《ちみつ》な反省によってこまかく人間を見直したいという風な意識を感じた一時期があった。私の場合にはそれがいわゆる私小説のかたちにはならない。（『経験的小説論』）

こうして書かれたのが『充たされた生活』だというのである。そして、「緻密な反省によってこまかく人間を見直したい」という意図から採用されたのが、主人公朝倉じゅん子の綴る日記体形式である。「日記とはそれ自体が、記録と同時に反省によって綴られたもの」（前掲書）なのではあるが、何よりも主体である主人公の性格が、日記形式そのものによってある程度規定されてしまうという特徴を持っている。つまり、他者への呼びかけを中心とする書簡体小説とは違って、自己へと語りかける文章化の作業は、主体の内省を伴うと同時に他者に対する容赦のない観察を要請するものでもあり、そのことによって自ずから批判的、観察的な視点を含むものとなる。それゆえ、日記の執筆者としての主人公朝倉じゅん子は、それまで石川が戦後の若い女性の特徴として描いてきたような、軽薄で、いたずらに「自由」を叫ぶような存在ではなく、怜悧で、理知的で、批判的な性格を必然的に持つことになる。

　例によって作者自身による作中人物分析を集めた『作中人物』を引用すれば、「彼女〔朝倉じゅん子〕はあたらしいタイプの女性ではあるが、決して時代に先走りする浮薄な女ではない。男のように理詰めな考え方をするが、しかし心情はまことに女性そのものである。むしろ情感に押し流されそうになる自分を、理性で以て喰い止めるのに苦しんでいるような女である」。朝倉じゅん子は女性らしい人物であると同時に、男性的な理性をも兼ね備えた存在として説明されている。そして、この小説が発表されたとき、女主人公は当時の読者から、新しい女性として受け取られたことが推測される。そのことは、作家三島由紀夫が『群像』の昭和三十六年九月号の「創作合評」のなかで、「石川さんはこの女主人公を平凡だと思っていないのじゃないかな。非常に個性的な女性を描いて、新しい型のユニークな人物像を創造したと思っているのじゃないかな」と語っていることでも想像される。

　日記を書く主体たる朝倉じゅん子は二七歳で、白鳥座という劇団に所属する、まだ端役の女優である。彼女がどんなに聡明で理知的であるとしても、ひとりの経験の浅い女性であるにすぎず、したがってその日記は、下手をすると主観的で、ひとりよがりなものになってしまう傾向を免れることはできない。その危険を避けるために、作者は一つの工夫をこらしているように思われる。すなわち、現代人の誰もが共通に持っていると思われる精神の状態、すなわち現実生活や精神生活の上で直面している空虚感や欠乏感と、それを克服するために願望している充実感ということである。いわば「充たされた生活願望」とでも言うべきものだ。

昭和三十四年四月に、安保阻止国民会議の第一次統一行動が催されてから、安保反対の統一行動は翌年の七月まで一年以上にわたって続く。三十五年六月十九日に、政府自民党の強行採決によって衆議院を通過した新安保条約が自然承認となったあと、自民党の総裁選で池田勇人が選出され、七月十九日に第一次池田内閣が発足した。池田首相が提唱した「国民所得倍増計画」は、それまでの「政治の季節」を封印して「経済の季節」へと国民の関心を大転換させることを狙いとした。この狙いは見事に功を奏し、人々は生産性の向上に精を出し、個人生活の豊かさを追求することに関心が集中した。「三種の神器」と呼ばれた白黒テレビ、電気洗濯機、冷蔵庫をはじめとする電化製品が各家庭に普及した。豊かさの追求現象は、「生活が豊かになってきたことを自らに印象づけ、納得させるために、そして自らの社会的な地位が平均的な豊かさのなかにいることを「見せびらかす」ことも購入の動機となって急激な普及が進んでいたというべき」（武田晴人『高度成長』）であると表現されている。見せかけの豊かさとでも呼ぶべき実態である。

このような物質的豊かさの追求が進行し、日常生活の便利さが実感されればされるほど、逆に、物質的なものによっては充たされない精神的、心理的な側面が浮かび上がってきて、精神的欠乏感や空虚感も生じてきたのではないだろうか。昭和三十年代はこうした二面性を持っていたのである。昭和三十年代の半ば、人々は共通して空虚感と充足願望とに捉われていることが、この小説のテーマなのである。

それでは、この作品に登場する主要な作中人物たちが、それぞれにどのような空虚感に直面しているのか、そしてその空虚を充たすためにどのような充足願望を抱いているのか、煩をいとわず作中人物の様子を、じゅん子の日記の視点を通して眺めてみよう。

朝倉じゅん子は、三年以上にわたる吉岡弦一との結婚生活を解消し、いまは独り暮らしであり、一種空虚な生活を送っている。そうした生活のなかで、いままでの自分を反省し、充たされた生活とは何かについて考えている。

この空虚な時間のなかで、私は過去三年以上にわたる吉岡弦一との生活を反省し、結婚とは何であり、女とは何であり、性とは何であり、生活とはどのようなものであるべきかという事について、結論的なものを見出さなくてはならないと思う。

要するに、充たされた生活とは何か。それを発見することなのだ。充足の条件は、男と女とでは違うかも知れない。性格により、立場により、教養の差によって、充足の条件は一つではあるまい。しかし基本的な条件は、さほど多種多様ではないと思う。つまるところ、(私は何によって充たされるか。)それを見出すこと。そしてその為に準備すること。

彼女は自らの強い充足願望にこだわっているだけではなく、友だちについてもそのことが気になって仕方がない。

じゅん子の短大の同級生で、結婚後一年ばかりで夫と死別した里村春美は、子供がいるばかりに婚家から離れることもできないし、再婚もできずにいる。じゅん子は春美について書いている。「要するに今後の生活を、どうやって充たして行くか。それだけが問題だ。何によって充たすか。その選択によって、彼女の今後の運命がきまる」。その春美は、いちど自殺未遂事件を起こしたりするが、最終的には婚家を出て、ひそかに交際していた男性と再婚する。じゅん子は、そんな春美について、「彼女は彼女なりに、そういう低俗なところで安易な充足をもとめ、安易な幸福を感じているのだ。それ以上のものを彼女に求めることは出来ないらしい」と見なしている。

同じくかつてのクラスメートである柳田里子から、結婚式の案内状が届く。じゅん子は以前、その結婚相手の男性から求婚されたことがあり、何となく素直に祝福する気にはなれない。案の定、半年ばかりして、京都に住んでいる里子がひょっこりじゅん子の前に現われる。

目的もなく家をとび出し、東京のホテルに泊まって、海へ行き芝居を見、北海道までうろついて見ようという女の心境は、遣り場もない退屈の泥沼だ。こういう悲劇もあるのだ。他人にはわからない悲劇。外部的な幸福の条件はすべてそろっているのに、むしろそろい過ぎているくせに、たった一つ、どうにもならない空虚にさいなまれているのだ。その空虚を充たすための非常手段として、彼女は北海道へ行く。

里子はそれからさらに半年後に最終的に家出をしてしまい、行く方知れずとなる。じゅん子の所属する劇団に森下けい子という女優がいる。彼女は奔放、多情な女性で、妻のいる男性にしか興味がないという。じゅん子はこの女性について書きとめている。「ひとりの対象によって充足されなかった意欲が、複数の対象を知ることによって充足されるだろうか。私はそうは思わない。おそらく彼女は永遠に充足をもとめて放浪するばかりであろう。肉体の充足は、肉体によって得られるものではなくて、精神の充足が肉体を充足させてゆくもののように私には思われる。そして森下けい子は、彼女の充足を肉体にのみ求めているようだ」。けい子は、ある有名な俳優をめぐって、その夫人との争いに敗れ、白鳥座を退団して大阪に引っ越してしまう。彼女に得るところは何もなかったことになる。朝倉じゅん子が小説の終末で結婚することになる演出家の石黒市太郎は、口が悪く、いつも人に罵声を浴びせている人物だが、彼女にとっては「石黒さんに罵倒されながら、何となく心が充ちてくる。ひとりきりでウインドウをのぞいて歩いていたさっきと比べて、空虚だった心があたたかく充たされてくる」ような存在である。その石黒とじゅん子は、白鳥座の女王とも言うべき大女優田辺元子のことを話題にしている。田辺元子は、演劇一筋に打ち込み、そのせいで離婚したのだった。

「それだけ一つの事に夢中になれたら、仕合せね。先生〔石黒のこと〕は悪口を言ってらっしゃるけど、田辺さんで見れば充たされた生活だわ」

「そうかな。逆じゃないのかい。充たされないもの、欠けたものがあって、それが何であるかはよく解らんが、その充たされない所を補うための、必死な努力じゃないのかな。だって、あの女の芝居に対する執念は少し非常識だよ。充たされた生活ではなくて、充たさんが為に悪戦苦闘している生活みたいだな」

「充たされた生活」という、完結された生活はありえないのであって、不足している生活を充たそうと努力すること自体が実は充たされた生活ということの実質ではないのかと言っている。

ここまで、四人の女性たちの例を取り出してみたのだが、男性の場合は、じゅん子の眼にはどのように映っているのだろうか。アパートの隣室に住んでいる大学生の辛島は、どうやら「全学連」か何かの組織に入って学生運動に参加しているらしい。じゅん子の日記は、この学生についてこんなふうに記述している。「あの学生が大まじめになって何かの（運動）をやっているのは事実だろう。その事によって彼は充実した時間を過ごし、精神も肉体も快適な緊張を持続しているのではないだろうか。彼等は多分、自分たちの青春を不幸だと信じ、已むに已まれず、こんなにも困難な闘争をやっているのだという気持ちから、自分自身を、いら立たしく悲しいものに意識していることだろう。しかしその事によって彼等は充足している」。

同じ白鳥座の俳優宇田貞吉は最近妻を亡くしたばかりである。妻を喪った男の悲しみは、しかし、じゆん子にとってはきわめて複雑な意味を帯びて、逆説的でさえある。「通夜のときの宇田さんは、妻に死なれた悲しみとは別に、一種の充実した感覚をもっていたに違いない。それは生命の充実感と云おうか、生きて居る自分を新鮮に感ずる気持ちだ。空虚な感覚とはまるで別なものだ。空虚な感覚は人間を無力にして行くようだが、充実感は、たといそれが不幸に起因したものであっても、人間を飛躍させたり、深めたり、美しくしたりしてくれるようだ」。妻との死別の悲しみとは別種の「充実した感覚」とは理解しにくい表現であり、これにはさらに説明が必要であろう。しかし、ここでは妻を亡くした宇田貞吉の悲しみや空虚な感覚もまた、じゅん子によって、生命の充実感との対比で記述されているということだけ指摘しておきたい。

以上のように一瞥しただけでも、作中人物それぞれが自分の置かれた生活条件や人間関係、その人物が持っている人間的性格などによって、それぞれに原因の違った空虚感を抱き、その空虚を充たすためにどのような努力をしているのか、どうしたらほんとうに充たされた生活を実現することができるのかを模索していることがわかる。日記の主体者である朝倉じゅん子は、作中人物たちが直面しているこうした共通の精神状態に、とりわけ観察の眼を注いでいる。そして、誰もが陥っているこうした現代生活の精神的空虚や空洞は、おそらく石川達三が昭和三十年代の時代的精神の特徴として追求しようとしたものだと思われる。そこで次に、朝倉じゅん子自身の内面生活を検討してみよう。

4　朝倉じゅん子の生き方

この日記体小説の日付は、昭和三十四年二月二日に始まり、翌三十五年六月二十日で終わっていて、一年数ヶ月間に限定されたものとなっている。朝倉じゅん子が三年あまり同棲していた吉岡弦一との生活を精算しようと決意するところから小説は始まるが、別れる理由とは、三年のあいだにこの男の魅力が色褪せ、彼に対する信頼も失われたからだと説明されている。彼女は三年前に、所属する劇団を辞めて吉岡と同棲したのだった。その頃の吉岡は、農村青年のための演劇運動、自動車ブームに乗った自動車雑誌の出版、組み立て家屋を宣伝するための小住宅生活改善運動、登山者やスキーヤーのための案内地図の出版など、さまざまな仕事に挑戦するが、いずれもうまくいかず、夢を追いかけるだけで終わってしまう。じゅん子は初めこそいっしょに夢を求めているが、いつの間にかその空しさを痛感する。

夢ばかり追い求め空想に奔る男は、当初のじゅん子には魅力的に映った。それは彼女自身も夢を追っていたからである。しかし、数年後の彼女は変化している。吉岡弦一の魅力が色褪せたのは、実はじゅん子が夢ばかり追いかけるのをやめ、もっと現実的な生き方を考え始めたからにほかならない。「充たされた生活」とは、現実のなかに理想を求めるべきであって、夢のなかなどではない、。彼女はそのことに気づき始めている。しかしまだ、そのことを論理的に意識化するまでにはいたっていない。むしろ、いろいろな観察や体験を通じてそのことを確認していくのである。

じゅん子の視線は、まわりの人たちがどのように充たされているのか、さらに深くその本質に迫ろうとする。まえに触れた田辺元子や辛島青年の場合をもういちど見てみよう。

田辺元子は四四歳で、白鳥座創立以来の主演女優であり、いまや押しも押されもせぬ女王のような存在である。一〇年前に離婚し、以来独身を通している。彼女には家庭はないが、精神的に安定し、充足している。それはなぜか。「彼女は女優であることに専念し、女優であることのために闘っている。その真剣さが彼女を充足させている。田辺元子は宙ぶらりんではない。彼女は良人も子供もないけれども、芝居を通じて社会とつながり、芝居によって孤独から救われている」。

男性女性を問わず、精神的な充足を得るためには、何かに打ち込んで、そのために真剣に闘うことが必要なのである。懸命に心を打ち込んで、初めて充たされる。「充たす力は、結局自分自身の努力」にほかならない。こうして、じゅん子の眼には、「田辺元子は女優としての努力によってみずから充たされている」と映る。

一方、大学生の辛島は、まだ端役の女優にすぎないじゅん子に対して写真を撮らせて欲しいと頼むような、「ねちねちした女みたいな」青年であるが、折からの安保闘争に参加し、逮捕されるといった経験を積むことによって、しだいに変化していく。その姿にじゅん子は、これまでとは違った若者を感じる。

国会の門扉《もんぴ》を乗り越えて、安保反対を叫びながら構内に乱入して行くとき、彼の魂ははちきれるほど充実していたに違いないと思う。彼の魂を充実せしめたものは、若さと、正義感と、行動するものの誇りと、危険を乗り越えてゆく緊張感と、そういう幾つかの要素であっただろう。

辛島の場合も、彼の魂を充実させるものは、身の危険を顧みず突進していく一途な行動なのである。そういう若者の姿が、じゅん子の眼には充たされた精神として映っている。

作者自身によって、「男のように理詰めな考え方をする女」と評されている朝倉じゅん子は、自分のまわりの人たちについて、冷静で、客観的な観察を続けてきた。しかし、問題なのは彼女自身のことである。彼女には、田辺元子のように女優として一本立ちできるだけの自信がない。それゆえ、自分自身が納得できるような結婚の相手を求めることしかできない。

同じ劇団員の宇田貞吉は、いかにも誠実な人柄であり、仕事の同僚としては得がたい存在である。前述のように、じゅん子は、妻に先立たれた男の悲しみに触れる。と同時に、「生命の充実感」という矛盾した、非論理的な感覚を感じたことも確かであった。妻を喪った者の空虚感、それとともにこれから自分ひとりで生きていかなければならないと決意を固めて生命の充実感を示している男性の魅力を感じたじゅん子は、「私はやはり宇田さんに心ひかれる」と書いている。

一年ほど過ぎて、宇田は決心したかのようにじゅん子に結婚を申し込む。「じゅんちゃん、僕のところへ来てくれないかなあ。……こんな事を言うのは失礼だと思うんだ。僕は君を、仕合せにして上げる自信なんか、あまり無いからねえ。ただ、子供のために、僕はそんなことを考えるんだよ」。彼は気の弱さから、子供をだしにして求婚したのであるが、じゅん子にしてみれば、それは受け入れがたい。

さて、朝倉じゅん子が「何によって充たされるか」がこの小説の最も核心的なテーマであったが、それゆえ、じゅん子の生き方を示すことによって閉じられる作品の結末はとりわけ重要な意味を帯びてくる。

じゅん子は、結局、死んだ兄の友人で演出家の石黒市太郎との結婚を決心することになる。石黒とは年齢も離れているので、これまでも何事につけ相談してきた間柄であり、遠慮なく口をきくことができた。彼には二度の離婚歴があり、勝手気ままで自由奔放なところは、『泥にまみれて』の作中人物鶴岡知而に類似していると言えよう。小説の終末で、石黒が安保反対のデモ行進中、右翼の襲撃を受けて怪我をし、じゅん子は病院へ駆けつける。このとき二人は結婚の約束を交わす。三度目の結婚となる石黒に対して、じゅん子はこんな心境を綴っている。

　私は幸福を求めようとは思わない。しかし、何か、もっと別のものがあるはずだ。他の何ものにも替え難いもの、一つの生命感、充足感。……肉体の充足感のような消耗的な、一時的なものでなく、もっと建設的なもの。生涯にわたって心を充たしてくれるもの。

彼女が結婚によって求めているものは精神的な充足感であり、そして永続的に心を充たしてくれるものでなければならない。彼女は結婚がゴールだと考えているのではない。その証拠に、彼女は「いまから、新しい闘いの人生がはじまる」と書いている。

それにしても、じゅん子の結婚は一種の賭けのようにも見える。彼女は「闘いの人生」を覚悟しているが、このあとの石黒との結婚生活によって、彼女の心が充たされるかどうか何の保証もないからである。朝倉じゅん子の「充たされた生活」は宙ぶらりんのままなのだ。

繰り返して言えば、『充たされた生活』によって石川達三が描こうとしたのは、作中人物たちがそれぞれの人間関係において抱いている空虚感や不満感は、物質的な豊かさや日常的な便利さでは充たすことのできないものであるということであった。時代の風潮に鋭敏な石川は、昭和三十年代に現われてきた表面的、人工的な豊かさによって逆に失われようとしている精神的充足感はどのようにして達成されるかを追求しようとしたのである。

第六章　政治的小説の条件
──『金環蝕』──

『人間の壁』を書き上げたあと、石川達三は、わが国の政治についてもっと踏み込んで書けないものかと思案したように思われる。『実験的小説論』のなかで、あれこれ思案したことが述べられており、中野正剛や近衛文麿を主人公に想定して執筆を検討したと書かれている。しかし、中野正剛については人物の軽薄さに嫌気がさし、また、近衛文麿の方はあまりにも評価が分かれていてまとめにくいと考えて断念している。

ところが、昭和三十九年七月、自民党の総裁選をめぐって、公然たる買収や汚職が国民の目の前で繰り広げられた。翌年にかけて、それに関連する政治献金問題が国会で追及されたのだった。おそらく石川は、これなら書ける、あるいは、これを書かなくてはいけないと思ったに違いない。そして、衆議院決算委員会の膨大な速記録を通読したのである。

この小説で扱われている時代は、池田勇人が自民党の総裁選で三選を果たした昭和三十九年から、病に倒れて（佐藤栄作が次期総裁となる）、病死する昭和四十年八月にかけてのおよそ一年間である。それはちょうど、「所得倍増」のかけ声にもとづいて、経済最優先の論理と繁栄気分とが国民のなかに浸透していく一方で、金銭汚職や政治の腐敗が蔓延していった時期に当たっている。汚職問題を一貫して追及した室伏哲郎が、「構造汚職」という表現を使ったのは昭和四十年代に入ってからである。自民党総裁選で巨額の買収資金がばら蒔かれたことは国民の誰もが知っている公然の秘密であるが、その資金が具体的にどこから、どのように調達されたのかについては誰にもわからない。『金環蝕』は、この不明瞭な資金づくりの秘密に切り込もうとした政治的小説なのである。

ところが、石川達三は、それまでさまざまな社会問題を小説のテーマに取り上げてきて、小説家として最も円熟した境地に達していたとはいえ、政治の世界を直接取り扱った小説は、作者の意気込みとは裏腹に、予想以上に書きにくいものであったと想像される。なぜなら、発表された作品は、作者の予想に反して、『人間の壁』のときのような大きな社会的反響を引き起こすことはなかったからである。

この章では、作者自身が「政治経済の問題を直接に主題とした私の小説はこれ一つだけではないか」（『石川達三作品集』月報14）と述懐している『金環蝕』を取り上げて、主として政治的小説を書くことの意味とその困難さについて考察することにしたい。

1　迷宮としての政治

小説『金環蝕』は昭和四十一年一月から十月まで『サンデー毎日』に連載された。小説のなかで扱われている出来事は、この週刊誌に発表される一年数ヶ月ほど前の自民党総裁選に題材を得ている。それゆえ、実際の出来事と執筆とのあいだにそれほど時間的隔たりはなく、ほぼ同時期と言っていい。言うまでもなく、フィクションであるから、登場人物はほとんど実名ではないし、日付も微妙に違っている。『金環蝕』の冒頭は、東京永田町にある総理大臣官邸の複雑怪奇な建物の描写から始まる。それはまた、大切なことが国民の目からは遮蔽された、迷宮のような日本政治の特徴が比喩的に語られることでもある。

この建物が一種の迷宮であるように、一国の政治もまた或る種の迷宮であった。ここで、何が行われ、何が計画され、何が取引きされて居るかは、人民のほとんど誰《だれ》も知らされてはいない。首相官邸そのものは国家の栄誉の象徴であるが、官邸の内部で何が行われて居るかという事は、誰にも解らない。まるで暗黒街のように、何もかもが極秘であった。

ここで強調されているのは、政治とは迷宮の世界であり、日本国民にとって、政治が厚いベールに覆われて、「何もかもが極秘」に進められ、その内実が全くわからないということである。さらにつけ加えるならば、作者にとっても、政治が捉えがたい迷宮のようなものであると告白されているようにも見える。作者にとって、政治の世界を小説化することは、まるで迷宮に入り込むような一種の冒険であったに違いない。冒険はそれが成功すれば、この上なく痛快な達成感をもたらす。しかし、冒険は往々にして失敗を招く。小説作品による石川達三の冒険はどこまで政治の実態に食い込むことができたのだろうか。作者はどこまで読者の前にその実態を解明しえたのだろうか。この点を、まず小説構成の面から分析することにしたい。

『金環蝕』のエピグラフには、「まわりは金色の栄光に輝いて見えるが、中の方は真黒に腐っている」という文章がつけられている。ここには、全く腐敗し切った戦後日本の政治の世界と、それに何とかメスを入れようとする作者の意欲とが強く感じられる。

政治の腐敗と言えば、誰もがまず思いつくのは政治家の金銭汚職や収賄であろう。いつの時期にも贈収賄や政治献金の話題は後を絶たない。おそらく、石川達三が何を中心的なテーマとして政治問題に切り込むかを思案していたとき、目の前に大きくクローズアップされたのは、池田勇人と佐藤栄作とによって争われた自民党の総裁選の際にばら蒔かれた、庶民の想像を絶するような巨額の資金についての噂であったと思われるのだが、それは、政権与党の総裁の地位こそ、「金色の栄光に輝」きながら「真黒に腐っている」もののの象徴であるからだ。もっとも、今日では、自民党総裁の地位が金色の栄光に輝いているなどと思う国民はほとんど誰もおらず、それはまるで皆既日食のように真っ黒な利権の本丸だと見なしているのは事実である。いずれにしても、政治を直接テーマにした小説を書くとしたら、総理大臣の周辺を扱うのが最も適切だということになる。なぜなら、「政府与党の総裁選挙は同時に次期総理大臣選挙でもある。しかしこの選挙は公職選挙法によらないから、ありとあらゆる裏面工作と買収とが行われる。つまり総理大臣の椅子はかねで買われる」（『経験的小説論』）からである。

政治が迷宮であるのは、一度その問題に首を突っ込んだならば、容易に出口が見つからず、解決のめどが立たないということでもある。何が問題の本質であり、どこからが脇道であるのか、作者にも読者にも見分けがつかなくなってしまうからである。迷い込んだらなかなか出口の見つからない厄介な場所であることがわかりながら、そこへ飛び込むには、勇気もいるし工夫もいる。つねに読者に理解しやすい作品を提供するよう心がけていると思われる石川達三は、政治の迷宮を解明するために、少なくとも二つの工夫を凝らしているようにみえる。

その一つは、グループないし人物たちの対立の構図である。しかも、その対立は三つ巴になっている。まず政界においては、民政党総裁選で争った寺田派と酒井派との対立。政治献金工作の震源であり、陰の主人公を演じているのは寺田派の星野官房長官である。次に、F――川ダム工事の管轄機関である電力建設会社の総裁財部《たからべ》と副総裁若松の対立。政府の出資金によって運営されているこの公社こそ裏金作りの温床なのであるが、財部はあと数ヶ月を残すだけとなった総裁の任期を、できればもう一期務めたいと思っている。当然のことながら、若松は次期総裁への昇格を狙って星野官房長官に働きかけている。二人にはまた、それぞれ別の土建会社との個人的な結びつきがある。第三に、実際に献金する側の土建会社の競争と対立。官房長官から直接相談を受けた竹田建設と、あとから事情を知った青山組との受注工事をめぐる競争と駆け引きが展開される。竹田建設の朝倉常務は若松副総裁と密接に情報を交換し、一方財部総裁の方は青山組と誼《よしみ》を通じている。

このように三つ巴に入り組んだ立場や地位の対立と競争から、相手に対する批判や駆け引きが生じ、それらの絡み合いが物語を構成する。しかし、どの人物も例外なしに、相手を貶めることはあっても、決して真実を明らかにし、問題を公衆の前に暴露することはない。なぜなら、自分自身もまた密閉された同じ土俵の上で競い合っていることを自覚しているからである。たとえば、財部総裁は、若松副総裁が秘かに官房長官と通じて竹田建設にダム工事を受注させようと画策している事実を知ったあと、自分の任期満了までに入札を終えて、竹田建設にだけは受注させまいと決意している。しかし彼は、入札の決定には多額の政治献金が絡んでいることを決して世間に明らかにすることはしない。その事実は関係者のあいだだけの暗黙の秘密であり、実態は闇に包まれたままなのである。

二つ目は、作品のなかで、物語の本筋を確認するかのように、繰り返し事態の経緯と問題点が要約的に述べられていることである。作者は、作中人物の立場に応じてストーリーの大筋を語らせている。たとえば、財部総裁が、竹田建設から寺田総理大臣に数億円の政治献金が渡されるというカラクリを初めて知ったときの反応。

〔人民大衆の〕血税が、大蔵省から通産省を経て電力建設会社に廻され、それがF―川工事に名を借りて竹田建設に支払われ、そのうちの四億乃至五億というかねが竹田建設から政治献金という名目で、官房長官の手を経て寺田総理の手にはいり、そして総理の借金の穴埋めに使われる。……元をただせば人民大衆の税金が、寺田総理の総裁選挙の買収費に使われたという重大な意味をもって来るのだ。

また、寺田総理が脳軟化症で倒れ、もはや政権担当能力を失ったときの小説後半の場面でも、同じ内容のことが別の角度から繰り返されている。

〔総裁選で三選されて〕その四ヶ月の政権をむりやり獲得したために、電力建設会社の財部総裁を強引に追い出してしまい、九州F―川の電源工事について驚くべき不正入札を強行し、竹田建設会社からは五億という莫大な政治献金を出させたのであった。のみならずこの事件のまき添えとなった西尾貞一郎秘書官が、変死するという事態をも引きおこした。それもこれも、ただ一つ、寺田氏の権勢欲、名誉欲、政権獲得という野心から出たことであった。

このように、物語を要約するような表現は作品のあちこちに散見され、まるで物語が脇道に逸れるのを警戒するかのようである。

2　腐敗した政治

ところで、石川達三は、『経験的小説論』のなかで、この小説の構成要素を五つの「事実」に分類して、こう書いている。

総理大臣の椅子《いす》はかねで買われる。その金額は十数億と言われている。この事実が第一。次に買収費捻出《ねんしゅつ》のために財界から献金を求めること。その献金の見返りとしての汚職行為がおこなわれたこと。この事実が第二。半ば政府事業である電源開発について土建業者の入札に不正が行われたこと。不正入札によって落札した会社から総裁選挙買収費が献金されていたこと。それが第三。その事件を握った某代議士が国会で事実を追及し、大問題になろうとしたこと。これが第四。しかるに国会に於ける汚職の追及は或る時点から急に立ち消えになってしまって、その代議士は悠々《ゆうゆう》外遊していたということ。これが第五。

『金環蝕』の物語は現実に起きた九頭竜川ダム建設の不正入札をモデルにしている。自民党の総裁選挙で、多額の買収資金がばら蒔かれたことがそもそもの発端である。昭和三十九年七月、自民党の国会議員だけで行なわれた総裁選挙において大量に動いた裏金を補填するために、ダム建設入札を不正に操作することによって、つまりは国民の税金を不法に投入することによって賄われたのである。こうしたカラクリが、昼間は総理大臣官邸内の密室で、夜は赤坂かどこかの料亭で仕組まれていたであろうことは、大なり小なり国民の誰もが想像して感じ取っている。しかし、それが実際にいつ、誰と誰が、どのように連絡し合っていたかは全く知ることができない。小説家といえどもその事実を確実に把握しているわけではない。『金環蝕』の作者は、ただひたすら、国民の目の前で繰り広げられている政治家たちの不正を黙って見過ごすわけにはいかないという強い思いに駆られて、いかにもありうることとしてフィクションを構成したのだった。

政治家の姿勢という点では、さらに注目すべきなのは第四と第五の「事実」であろう。昭和四十年二月の国会で、自民党の田中彰治代議士は、九頭竜川ダム建設での鹿島建設発注をめぐる疑惑を鋭く追及した。しかし、どういうわけか彼の厳しい追及は四月に入るとぱったりとやんで、あろうことか会期の途中で外遊に出かけてしまったのである。石川達三は、総裁選での買収と同様に、あるいはそれ以上に、田中彰治代議士の行為は許しがたいと感じたに違いない。そのことは、『経験的小説論』がまことに率直に告発していることからもよくわかる。

某代議士が国会で汚職を追及した、その厖大な速記録を私は全部読んだ。その結果知り得たことはこの代議士は、国政を清潔にするために闘っていたのではなくて、散々に政府や土建会社を痛めつけて置いて、結局は莫大《ばくだい》な財物を持って来れば一切追及をやめるという、彼自身の計算であった。即ち彼は決算委員会を舞台として堂々と恐喝《きょうかつ》を働いていたのであった。逆に言えば、彼にそれほどの行為をさせて置くくらいに国政というものは汚れ切っていた。

ここで石川達三が言わんとしていることは、大がかりな汚職事件の実態について、よく知りうる立場にある国会議員が（もちろん本人がその気になって追及すればの話だが）、自分個人の利欲のために追及のポーズを示しながら、自己の個人的な都合で追及の手を緩めてしまうといったことがあるとすれば、政治的不正や政治腐敗に対する政治家自身による自浄作用は全く期待できないということである。政治献金を目的として、政治家、公社の役人、企業のトップらが結託して不正入札を行なうことなど全く許されないことだが、それ以上に看過しがたいのは、そういう不正の事実を知りながら、それを追及する責任を放棄して、最後は金銭でけりをつけようとする国会議員の醜悪な姿である。そのことがどれだけ国民の政治不信を増幅させ、政治を国民から乖離させてきたかは、日本の政治史にその悪例が蔓延している。

実際問題として、九頭竜川ダム工事をめぐる不正入札疑惑が、田中彰治代議士の尻切れとんぼの追及のせいでうやむやのうちに立ち消えとなってしまったのは、今日の時点から見れば、まことに理解しがたいことである。

当時の新聞を見ても、たしかにこの事件を詳しく扱った記事はほとんど皆無である。ジャーナリズムは自らの役割と責任を放棄したのではないかとさえ思われてくる。また、社会党をはじめとする野党議員たちも、田中彰治の法螺には付き合いかねるとばかりに、全く沈黙を守っていた。昭和四十年当時、衆議院における自民党の議員数は二九四名、野党第一党の社会党は一四四名だった。決算委員会にも社会党から少なからず参加していたはずであり、昭和三十五年の安保問題のときには、いわゆる社会党の「七人組」と言われた議員たちがあれほど活躍したことを思えば、なおさらのこと理解に苦しむ野党の対応であった。

そしてまた、司法当局もこの問題を全く取り上げてはいない。昭和四十年には吹原産業事件と呼ばれる巨額の詐欺事件が持ち上がり、それに手を取られていたとはいえ、人手不足を口実にした検察の怠慢であると言わざるをえない。

小説の構成は、このような現実の事態の推移に、ある程度忠実に従ったように思われるが、それにしてもフィクションの世界では、別の角度からの、もっと突っ込んだ追及と工夫が必要だったのではないだろうか。ここで、ジャーナリズム、野党議員、司法当局の少なくとも三つの分野がどのように描かれているかが問題となる。

第一に、ジャーナリズムについて言えば、神谷代議士が民政党幹事長の説得を受け入れて国会での質問を中止し、「海外研修」に出かけてしまうくだりで、新聞記者たちの反応が次のように書かれている。

神谷の野郎め、やっぱりやりやがったよ。
例によって尻切れとんぼだな。（中略）
記者たちは小さな声で、そういうことをささやき合っていた。そして、だからこそ彼等がF―川問題に関する決算委員会の神谷の質問について、一行の新聞記事をも書かなかった先見の明を、すこしばかり誇らかに思っていた。

このあたりの描写は、現実の田中彰治に関係する状況がほぼそのまま再現されたものであろう。しかし、これだけ大がかりな不正入札が暴露された以上、国会での質疑の推移に捕らわれず、ジャーナリズムは独自に真相究明に乗り出す姿勢を示すべきだろう。そして、『金環蝕』の作者は、責任を果たそうとしないジャーナリズムの姿勢を批判する必要があったのではないか。作者は現実の事態に寄り添いすぎて、フィクションの有利さを見失ってしまったと言わざるをえない。

次に、本来政府や与党の不正問題を追及すべき任務を負っている野党議員がただの一名も登場せず、議会はひたすら与党民政党所属の神谷直吉の独壇場となっている。たしかに、現実の国会においても田中彰治がただ一人パフォーマンスを演じていたとしても、フィクションとしては、神谷直吉が質問を中止してハワイに出かけるところですべてが終わってしまうのでは、いかにも中途半端なのである。

第三に、贈収賄事件に関わる検察当局と法務大臣の動きについての描き方の問題がある。小説では、星野官房長官が神原法務大臣に司法の問題にしないよう要請し、法務大臣は検事総長を呼んで説得し、その検事総長が東京地検に通達を出すといった具合に、司法当局に対する「政治的圧力」が具体的に描かれている。法務大臣の指揮権発動にも匹敵するような一連の工作については、次のように書かれている。

造船疑獄事件についての指揮権発動のときは、民衆ことごとく政府の不正を知っていた。しかしF―川ダム不正入札事件は民衆の知らないうちに、指揮権発動と同じようなことを、政府部内において、ひそかにやってのけた。

指揮権発動について室伏哲郎は、伊東栄樹（元最高検次長）の著作を引用しながら、「指揮権発動は造船疑獄が唯一の例であるかのようにいわれているが、必ずしもそうではなく、処分請訓規程によって、国民の知り得ないところで、指揮権が発動されている」（『汚職の構造』）と書いている。つまり、造船疑獄事件を唯一の例外として、あとにも先にも、公式の指揮権発動は起こっておらず、陰で実質的な指揮権が行使されているのである。

その結果として、小説のなかで、「既に政界は腐敗しつくして居り、民衆の信頼をつなぐべき何ものも残っていないようであった」という事態が指摘されている。だが、これまでたびたび触れてきたように、政治の腐敗・堕落は国民誰もが感じていることであり、重要なのは、司法が独立した権限を正当に行使するかどうかにかかっているのである。作者はこの点をもっと強調すべきだったと思われる。

おそらく、国民による政府批判や抗議行動が高揚することがあるとすれば、それは、ジャーナリズムや野党や司法による追及と相まって初めて可能となるのではないだろうか。

3　政治汚職を暴くのは誰か

この物語は、政界と財界とを扱った小説であるだけに登場人物も相当数にのぼるが、「事件」の当事者たちを別にすれば、物語の進展に直接関係する主要な人物は三人と見なすことができる。三人の人物とは、まずヤミ金融で暗躍する石原参吉なる高利貸しであり、次に、日本政治新聞社長を名乗る古垣常太郎という政治ジャーナリストである。この二人の怪しげな人物によって収集された情報をもとに、のちに民政党の代議士神原直吉が国会で政治献金のカラクリを追及することになる。これら三人の人物について、物語に即してそのあり様を見ておこう。

石原参吉の怪物ぶりは、作者によって次のように描かれている。

彼はあらゆる事件の〈裏〉を探し廻《まわ》る男だった。表面に現われたものは何一つ信じない。そして裏面だけを信じるのだ。彼は社会の裏側で生きて居る男だった。（中略）彼の事務室の両側の壁は天井まで届くガラス戸棚《とだな》になっていて、新聞雑誌の切り抜きを集めた何百冊というファイルがぎっしりと詰っていた。それが参吉の調査資料であり、社会の裏の、また裏まで探り出すための、貴重な文献であった。どれもこれも、洗い立てて行けば不正のにおいがする。どれもこれも、現代の社会の病患を内にひそめた、（日本のカルテ）のようなものであった。

彼は人を使い、時間をかけて、秘かにあらゆる裏情報を収集し、そして、獲物を狙う。チャンスと見ればいつでも活用できるように、詳細な情報をファイルして待機しているのだ。ところが、「現代の社会の病患」を収めた貴重なカルテは、優秀な医師によって処置されるのではない。石原参吉は、そのカルテをもっぱら恐喝や強請に用いて金儲けの材料にしている。それだからこそ、彼は熱心にファイルづくりに精を出しているのである。小説の後半では、そのファイルの値段をつり上げるために、神谷直吉代議士に情報を提供することになる。

古垣常太郎は、ほとんど自分ひとりで小さな政治新聞を発行している。発行部数はたかだか千数百部、週に一回出るか出ない程度である。政治家や財界人からの賛助購読料で成り立っているが、石原参吉からも毎月数万円の手当をもらって情報を提供している。小さな業界紙といえども、その記事内容によっては、それなりに影響力を持つことができるはずだが、しかしそのためには、情報の正確さやニュースソースの信頼度、記者の姿勢や思想性が問われる。古垣の場合はどうか。作者は、最初から古垣常太郎について、信頼を寄せることができない人物として設定している。

古垣常太郎の日本政治新聞は、（中略）大新聞が扱わないようなあやふやな話や、盗み聞きのような話や、ほとんど流言蜚語《ひご》にちかいような材料を大袈裟《げさ》に書き立てて、人眼をひくという風な下等な新聞だった。（中略）彼はいつも国会議事堂や議員会館のあたりをうろつき廻り、議員や官庁の役人をだれ彼なしにつかまえては話しかけて見るのだった。そうして居るうちに、彼等の断片的な話がつみ重なり、それに古垣が適当に尾ひれを付け、憶測を加えて、新聞記事にするという具合であった。（傍点原文）

考えてみれば、『金環蝕』のような政治的小説においては、たとえば松本清張の『深層海流』の主人公中久保京介のように、ジャーナリストが重要な役割を果たすべきかもしれない。なぜなら、ジャーナリストとは、政治や社会の動きについて詳細な情報を入手することが可能な立場にあり、国民一般に対して偏向のない判断材料を提示する役割を担っていると考えるべきものだからである。しかし、古垣常太郎とその新聞には、まともなジャーナリストとしての使命も役割も期待できない。

さて、賄賂や不正入札の事実を国民の前に明らかにするという点で最も重要な役割を担っているのは、民政党の神谷直吉代議士である。ところがこの代議士は、古垣常太郎の紹介するところによれば、「物欲と権勢欲と売名のかたまりのような男」であり、「利用できるものなら何でも利用しようという風な恥知らずなところ」のある人物なのだ。神谷はかつて、石原参吉の所有する膨大な調査資料を利用して、国有林払い下げに関する農林官僚の汚職を摘発し、また、自衛隊の衣料納入に関する不正を暴いたこともある。

だが、どこか信用が置けない。作者はそのことを、こう説明している。

しかしなぜか、それらの事件は神谷が摘発したように見えながら、途中でみな問題が立ち消えになっていた。結局世間をさわがせ、国会をさわがせ、神谷自身が有名になっただけで、尻切れとんぼに終わっていた。その事によって法的処分を受けた者はひとりも無かった。それには何か裏があったに違いない。神谷直吉という代議士はそういう風な一種の怪物であった。（傍点原文）

実際、『金環蝕』の物語は、後半にいたって、神谷代議士が衆議院決算委員会を舞台にF——川ダム造築をめぐる落札問題を追及することでクライマックスに達するのであるが、それが結局尻切れとんぼに終わってしまう経緯を、この引用文はすでに予告している。なるほど神谷代議士の当初の質問には鋭いものがあった。しかし、竹田建設に落札されるにいたったカラクリが国民の前に明らかにされるかに思われた矢先、事態が大きく転換する。その原因の一つは、神谷質問の情報源と目された石原参吉が脱税容疑で逮捕されたことであり、いま一つは、古垣常太郎が殺害されたことである。これら二つの事件が神谷直吉に精神的動揺を与え、結局彼は、民政党幹事長の懐柔策に乗って国会を長期にわたって欠席し、ハワイへと「研修」に出かけてしまう。おまけに、竹田建設からは二〇〇〇万円の「旅費」が支払われていた。小説の前半で、その人格的特徴が予告されていた通り、国民を裏切る結果となるどころか、政治全般に対する国民の不信をいっそう増幅させたという点で、最も背信的な振る舞いだったのである。

このように、曲がりなりにも政治不正の実態を暴き、追及するはずだった三人の人物は、逮捕されたり、殺害されたり、海外へ物見遊山に逃避したりで、いずれも中途半端な役割しか果たさないのだが、しかし、三人ともこの物語が進展する上では欠かせない存在なのである。つまり、迷宮への、いささかなりとも突破口を開こうとすれば、彼らを抜きにしては不可能だという物語構図になっているからである。だが、厳しい言い方をすれば、それぞれに問題を抱えた三人の人物を中心に据えざるをえないところに、政治世界を扱ったこの小説そのものの限界があると言わざるをえない。

4　政治的小説の難しさ

石川達三は「『金環蝕』を書き終えて」（『サンデー毎日』昭和四十一年十月十六日号）のなかで、「金環蝕の主役たちは、みんな一種の悪人たちであった。悪人を書いていると、私はあと味の悪いものを感じた。美しいものがちっとも無いのだ」と書いている。「あと味の悪いもの」ということの意味はいろいろな解釈を可能にするが、結果的に作者自身によってそのようなものとして感じられたとすれば、その理由についてもさまざまな推測が成り立つ。そもそも現実の政治の世界とは汚れ切ったものであり、「美しいものがちっとも無い」のは、むしろ常識に属することである。作者にとって「あと味の悪い」のは、政治献金や金銭汚職の実態を、文章の力で暴露しえたにしても、そこに司直の手が及ぶこともなく、国民の批判が高揚するほどには描き切れていないことからくる不満が原因かもしれないし、読者にとっては、政治という闇の世界が、作品全体を読み終えたあとでも依然として暗闇のままで、一向に光明も期待も見えてこないことに起因しているかもしれない。

すでに第一節で触れたように、この小説は五つの「事実」を中心に描かれている。小説の読者には、五億円もの政治献金が竹田建設から官房長官の手を経て寺田総理に渡るという恐るべきカラクリやプロセスがまことによく透けて見えるし、また、国民の税金が回りまわってこんなところで使われていることに怒りを覚えないものはいない。それでも国民は、政治というものの醜悪さとはこんなものだと割り切っていて、反対運動や暴動が起きるわけではない。いくら政治の腐敗を描いてみても、それが一つのきっかけとなって何かが起こることはまずないのである。そこに一種のむなしさがあり、難しさがある。作者自身も「むなしさ」について訴えている。

「金環蝕」を書き終って、私は一種のむなしさを感じた。いわゆる社会派小説というものが本質的に持っているむなしさであろうか。世間に訴えようとする意欲が、一般人からそれらしい反響を得られなかった為に感じるむなしさであろうか。しかし「人間の壁」の時には世間一般の強い反響にはげまされたものであった。（『経験的小説論』）

確認しておけば、『人間の壁』は教育問題をテーマにした小説であり、政治を直接扱ったものではない。主題はあくまでも公立学校の教師たちが、教育と教師の生活とを守る闘いの物語である。この小説が世間一般から強い反響と支持を呼んだのは、戦後の民主教育に対する反動的な攻撃や、先生たちの厳しい経済条件が誰の目にも明らかであり、政府自民党と教師たちとの闘いの帰趨が国民的な関心を集めたからである。ここに『人間の壁』と『金環蝕』との決定的な違いがある。

ところで、このように「むなしさ」が強調されると、行きつく先は、小説という表現形式そのものが、政治腐敗の事実を扱うのに適切な形式と言えるのかどうかという根原的な問題にぶつかる。つまり、フィクションとしての小説が、政治的現実としての事実をどこまで表現することが可能かということである。この問題に関連して、かつて松本清張はこんなことばを発したことがある。彼は『日本の黒い霧』（昭和三十五年一月〜十二月『文藝春秋』）の「あとがき」のなかで、この作品を小説として書かなかった理由について述べている。

最初、これを発表するとき、私は自分が小説家であるという立場を考え、「小説」として書くつもりであった。しかし、小説で書くと、そこには多少のフィクションを入れなければならない。しかし、それでは、読者は、実際のデータとフィクションとの区別がつかなくなってしまう。つまり、なまじっかフィクションを入れることによって客観的な事実が混同され、真実が弱められるのである。それよりも、調べた材料をそのままナマに並べ、この資料の上に立って私の考え方を述べたほうが小説などの形式よりもはるかに読者に直接的な印象を与えると思った。（「なぜ『日本の黒い霧』を書いたか」）

清張は、政治的な真実がフィクションによって弱められると指摘し、客観的な事実を提供する方が「直接的な印象」を与えるから、より効果的だと言うのである。ことばを替えれば、政治を直接テーマにした小説がいかに成立しにくいかということを、この文章は説明しているように思われる。

ところが清張は、その翌年、同じ『文藝春秋』にこんどは小説『深層海流』を連載した。

この小説は、サスペンス仕立ての清張流の作品とは違って、戦後初期を時代背景にして、二つのテーマを追求している。一つは、昭和二十六年九月、日米安全保障条約の締結によって、日本が形の上で独立国家となり、日本独自の諜報機関である総理庁特別調査部を設置することになる。その総裁人事、任務、予算などについての政府や関係者の極秘の動向が追求される。

いま一つは、小説のなかで「現代の神話」とか「久我系列とアメリカ指導部の合作による何か」と呼ばれている「v資金」をめぐる探求である。「v資金」とは、占領軍が秘かに少数の日本人に残していった資金と、戦地から日本軍が運び込んだ隠匿物資などが複雑に合体された莫大な資金のことであり、それがどうやら政治の裏金として利用されているというのである。

物語は、日本の経済界をリードする経営総体協議会副会長坂根重武の秘書のひとりで、日輪放送事業部次長という肩書を持つ中久保京介が主人公である。彼は坂根に命令されて、総理庁特別調査部の内部事情を探査する。ところが、政界がらみの調査部人事を調べていくうちに、T県出身の人脈が浮上し、そこから彼は、「v資金」への関心を強めていく。中久保京介は、坂根の秘書という任務を超えて、個人的な関心から、いく人かの人物と接触して「v資金」の実態に迫ろうとする。ある程度実態に接近しえたと思われたところで、日輪放送の本社勤務を解任されて、地方局へと左遷される。小説はここで終わっている。

『深層海流』が、『日本の黒い霧』とは違って小説として書かれたのは、これだけ複雑な内容を持った、しかも明確に証明しえない情報の交錯した戦後政治の裏面を、とてもノンフィクションとしては書き切れないということがあるだろう。それゆえ、政治的役割としては決して重要ではない中久保京介というジャーナリストを主人公に設定して、物語を進展させることになったのである。

この小説の顕著な特徴は、主人公の中久保京介をはじめとする登場人物のすべてが、ほとんど生身の人間の特徴を持ったものとしては描かれておらず、ストーリーの展開のためにそれぞれの機能を果たしているだけだということである。作者自身が、「今度の小説では思い切って人間性を抹殺し、無機化した」（「『深層海流』の意図」）と書いている通りである。いったいなぜ作中人物を無機化する必要があるのか。清張はこう説明している。

「人間」を文学的に描こうとすれば、本来の目的としている政治機構なり、社会機構なりの突っ込みがぼけてしまうからだ。今までのいわゆる「政治」小説や「社会」小説などが、ややもすると組織体への突っ込みが浅くなるのは、かえって登場人物に「文学」を置きすぎるからだと思う。そのため背景が浅くなってくる。（「『深層海流』の意図」）

「組織体」と「文学」とが対立的に捉えられているこの文章は、作者の本音が率直に表現されたもののように思われる。作者からすれば、作品の狙いや重点をどこに置くかによって、自ずと両者の比重が決まってくるはずで、もし「組織体」をさらに重視するつもりならば、もはや小説ではなくてノンフィクションの方へと移行していくだろう。それは、前年に書かれた『日本の黒い霧』で証明されている。『深層海流』においては、二つの主要なテーマはいずれも、戦後政治を表面に現われないところで動かしている暗黒の組織や資金を扱っているので、組織機構の問題が中心なのだが、他方では、中久保京介の「v資金」への関心が強まれば強まるほど、いろんな人物からの情報が彼のもとに集中するように描かれている。それはまず、総理庁特別調査部の部員である有末晋造であったり、自動車部品を扱っている芝山乙男という男であったり、さらに日銀の地下に隠されている貴金属の発見者を名乗る紺野武治、そして、政治経済研究所を運営している高野十郎という人物などである。こうして、小説の構造は、さまざまなレベルの情報が中久保京介の一点に集中され、凝結されるように造られているわけだ。

しかし、中久保京介が政治的、社会的真実に近づけば近づくほど、つまり彼が人間的、文学的に描かれることによって物語の主人公に設定されればされるほど、職場での地位を追われ、社会から抹殺される運命にぶつかってしまう。『深層海流』は、戦後日本の政治資金の秘密と、中久保京介という人物の行動とを両天秤にかけて、人間を「無機化」したところでフィクションを成立させようとする試みだった。無機化とは、フィクションとしての作中人物の人間性をどこまで排除した地点で小説が成り立つかという実験の試みなのである。

さて、『金環蝕』に話を戻そう。この小説の最初の場面は、官房長官の命令を受けた若い秘書官が、ヤミ金融で知られている石原参吉を訪ねて、二億円の借金を申し込むところから開始される。官房長官が、ほとんど面識もない、危険な人物である石原参吉に多額の借金を申し入れるのは、それだけ金策が切羽詰まっていることを示しているし、また、その申し入れに若い秘書官を使い、しかも無担保で、なおかつ現金で用意して欲しいと注文をつける無神経さは、権力を嵩にきたこの人物の傲慢な性格をよく表している。石原はこの依頼をあっさり拒否して、秘書官を追い返してしまう。しかし石原は、官房長官が何のために二億もの金を必要としているのかに疑問を持ち、部下に命じて調査を始める。このあとの物語の展開を予測させるこのエピソードは、小説としてはまことに興味深い場面設定なのである。

ところが、小説としては興味をそそるこの描写も、現実政治の「客観的な事実」として読み直してみると、首を傾げざるをえない。なぜなら、何事にも慎重この上ない星野官房長官が、何の付き合いもない、悪名高いヤミ金融業者に借金の申し入れをすること自体、あまりにも不用意な行為だからである。政治とは、本来ならば国民に知らされるべきことが隠蔽される暗闇の世界であり、何があっても不思議ではないと誰もが思っている醜怪な世界である。それでも、生起している事態が実際に起こりうることとして納得しうるものでなければ、全く架空の物語のレベルを抜け出すことができず、「事実が弱められる」のである。政治的小説は、小説である以上、あくまでもフィクションなのであるが、政治の真実らしきものとして読者に影響を及ぼすためには、全くのフィクションであってはならず、可能態としての出来事が「直接的な印象」を与えるようなものでなければならない。政治的小説の困難さはここにある。かくして石川達三は、政治の世界という迷宮のなかで、これまでとは勝手が違う思いに捉われているようにみえる。

松本清張の教訓は、政治的小説においては登場人物に「文学」を置きすぎてはならないということであったが、石川達三は、現実のモデルである森脇将光と田中彰治という二人の「怪物」に惑わされたせいか、石原参吉と神谷直吉という二人の主人公をかなり「文学的」に造形してしまった。それゆえ、これらの主人公は、星野官房長官をはじめとする政治家や、財部電力公社総裁をはじめとする役人や朝倉竹田建設常務などの財界人とは対照的に、個性的な一匹狼としての性格が際立って描かれている。良きにつけ悪しきにつけ、この二人の作中人物は、石川達三の小説のなかでは例を見ないような人物造形なのである。

石川達三は、前述の「社会派小説のむなしさ」ということについて、先に引用した文章に続けて次のように自己分析している。

> 私の感じたむなしさは、「金環蝕」という小説が本質的に私個人とは何の関係もないのだということ、従ってそれを書いたことの努力が、私の外、私からかなり遠いところをぐるぐる廻っていただけのことで、書き終って、新しく自分を発見するようなものは何も無かったのだということ、私自身に加え

るものが一つも無かったということ……そういう性質のむなしさであるように思われた。（『経験的小説論』）

政治的小説は、当然のことながら、自分自身のことを書くわけではないし、したがって、「新しく自分を発見する」ことにつながるわけでもない。そのことは、創作に取りかかる以前から、作者にはわかっていたはずである。それでもなお、書き終わって「むなしさ」を感じてしまうところに、政治を直接テーマにした小説が作者にもたらす過重な負担があると言うべきだろう。石川達三は、「もう少し芸術そのものに近づこうと思い、社会派的作品は当分書くまいと思った。『金環蝕』はその意味で、私自身、、、への回帰の一つの機会になった」（前掲書）と書くことになる。こうして、次に書かれたのが書き下ろしの思索的な小説『約束された世界』（昭和四十二年六月）であった。

第七章　新しい道の模索

――『約束された世界』――

　これまでたびたび引用し参照してきた『経験的小説論』は、昭和四十四年十一月から翌年四月まで雑誌『文学界』に連載された文章をもとに昭和四十五年五月にまとめられた、いわば自伝的文学論であり、その率直な語り口には好感が持てるものだ。この評論の最終章は、『約束された世界』について触れたところで終わっている。そのなかで石川達三は、『約束された世界』を執筆した動機について振り返りながら、「私は新しい道を探した。それは私にとって新しい道であるばかりでなく、出来ることならば日本の文学にとって、ほんの少しでも新しい道でありたかった」と書いている。作者個人にとっても、また日本文学にとっても「新しい道」となる文学とはかなり大胆な発言であるが、彼が探求した新しさとは、石川達三の最大の小説的特徴である社会派的小説をさらに発展させる道というよりは、人間社会のそもそもの成り立ち、あるいは人間関係の根源的構造といった、これまで常識的に捉えられていた人間社会の認識の再検討、ないし見直し作業と言うべきものであったように思われる。

この「新しい道」は、小説の内容ばかりでなく、小説形式の上でも追求される。すなわち、『約束された世界』は、一貫したストーリのない一六の断章から成立しているのだが、これらの断章に登場する人物たちはほとんど他とは独立しているので、オムニバス風の形式となっていて、それまでの石川の作品には見られなかったものだからである。

石川達三は、『約束された世界』に続いて、「世界」と名のつくタイトルを持った小説を連続して発表している。すなわち、『解放された世界』（昭和四十六年）、『その最後の世界』（昭和四十九年）、『独りきりの世界』（昭和五十二年）である。これらの「世界」は、言うまでもなく人間社会を表わすものであって、ここに挙げた四つの作品では、さまざまな人間と人間との関係性に視点を当てて描かれている。本書で論じてきた第二の系統の小説群の特徴であった女性の生き方のテーマよりは視野を広げて、社会における人間関係そのものが取り扱われることになる。本章では、昭和四十年代という時代を念頭に置きながら、石川の言う「約束」とは何かを中心に論じることにしたい。

1　昭和四十年代

(1) 経済大国

池田首相の後を受けて佐藤栄作が総理大臣に就任したのは昭和三十九年（一九六四）十一月であった。彼は昭和四十七年（一九七二）七月に引退するまで、七年八ヶ月の長期にわたって首相の座にあった。それゆえ、昭和四十年代の日本の政治は、佐藤栄作の時代と呼ぶこともできよう。昭和三十九年の東京オリンピックのあと、一時的な不況に見舞われたが、すぐに「いざなぎ景気」が訪れ、それはほぼ佐藤政権のあいだ持続した。池田内閣が方向を定めた経済成長の神話が定着したと言える。経済成長の神話は、国民的コンセンサスとなり、人々は「産業戦士」となって、「いざなぎ景気」をつくり出したのである。そのことを、たとえば中村隆英『昭和史』は次のように要約している。「池田首相の功績は、岸内閣の政治の時代——安保改定をめぐる国内対立を経済成長の方向に転換させ、国民的なコンセンサスをとりつけたところにあった。日本は大国としての地位をみずから求めることはなく、経済発展を続けることによって国際的地位を高めていくことに専念するような姿勢をとったのである」。

ただし、若干のコメントが必要だろう。たしかに日本の経済発展は目覚ましく、ＧＮＰは昭和四十三年（一九六八）にいたって西ドイツを抜いて自由世界第二位にのし上がった。しかし、いわゆるアメリカの「核の傘」に依存した日本の政治的、外交的な国際的地位は決して高くなったとは言えない。大国の「核の傘」に入るということは、必ずしも安全であることを意味しないのだが、何よりもアメリカに従属する同盟国となってしまい、独自の自立した国際政治上の方針を放棄してしまうことにほかならない。それゆえ、経済大国への発展と、国際社会での政治的、外交的貧弱さとのアンバランスが、「国際的地位」を毀損していることは間違いない。

ここで留意しておきたいのは、経済成長によって引き起こされた国民意識の変化ということである。「いざなぎ景気」が生み出した経済成長は国民の家計収入を増やし、消費生活を活性化した。カラーテレビ、クーラー、自家用車が普及し、公団住宅の集合生活からマイホームの夢を実現する時代へと移行していく。それは経済成長の恩恵が個人生活にも波及したとして受けとめられ、国民のあいだに中流意識が浸透し、経済成長神話への信仰がますます深まることを意味する。その結果、もっぱら個人生活の豊かさを追い求める姿勢が強まり、視線が内向きになって、個人主義的傾向を強めていくことになった。ことばをかえて言えば、経済成長と政治意識との乖離が進んでいくことでもある。いわゆる六〇年安保闘争以後の学生運動が、昭和四十三年の大学紛争を経て終焉に向かうのも、多くの国民の意識と過激な政治運動との隔絶によるものと言えないこともない。

注意しなければならないのは、経済成長と政治意識との乖離は政府自民党によって目的意識的に造り出されたものだということである。

(2) 世代の断絶感覚

昭和四十年八月号の『文芸』誌から、石川達三の「私の少数意見」と題する随想が連載され始めた。その冒頭を飾ったのは「戦後二十年」という文章であり、この連載ものが戦後の二十年を意識して書かれたものであることがわかる。また、昭和四十年は、石川にとって還暦の年であり、おそらく彼は、この時点を自分にとって一種の節目のように感じていたと想像される。(「私の少数意見」を連載する前年、石川は自伝的小説『私ひとりの私』を執筆していて、そのなかに「私だけしか知らない、永い永い私の過去。私だけがひたすら生きてきた六十年の生涯の、遠いはるかな思い出。この思い出が私なのだ」という一節がある。もちろん『私ひとりの私』は小説であるが、作者はこの時期、過去六〇年の自分の人生を意識していることは間違いない)。

二〇年という歳月はそれなりの変化をもたらすに十分な時間を有しているはずだが、「戦後二十年」という短い文章が述べているのは、戦後地球上で多くの戦争が続発しているが、「現代の戦争はきわめて少数の、わずか五、六人の国家の首脳部の連中によって惹き起こされる」というものである。そして、戦争を回避できるのも少数の首脳の決意次第だと述べている。言ってみれば、論証のない感想を綴ったもので、そこには二〇年の時間を計量するような指摘は見られない。

しかし、石川達三自身、この二〇年間にベストセラーになった多くの作品を書いてきたし、また日本の戦後文学も、いわゆる第一次から第五次にいたる文学世代が次々に登場してきている。ところが石川は、文学の現状についてかなり不満を持っていたし、それを率直に表現してもいる。たとえば、「文学の在り方」の断章では、情痴小説の氾濫を嘆き、一方では晦渋な思想文学に対しては、文学的な美と香気を欠いていると難じている。また、明治大正の文学に比べて昭和の文学が進歩している点は技術的な側面など瑣末な部分であって、文学の骨格は太くも大きくもなっていない、と言う。さらに、消費の時代には文学作品もまた消耗的性格が強くなり、映画やテレビの「原作」に甘んじている。そして、映画やテレビの原作ではない文学、「文学そのもの」とも言うべき小説が書かれなくてはならないと結んでいる。「文学そのもの」と言われる小説とは具体的にはどのようなものか、この文章では石川はそれ以上触れてはいないのだが、どうやら本章の最初に触れた日本文学の「新しい道」の模索という課題と通底するもののように思われる。

こうして、昭和四十年代の石川は、これまでとはまったく違った技法によって『約束された世界』以下の小説を追求するかたわら、芥川賞などに応募してくる若い世代の小説作品との隔絶を実感していく。そのことは長年続いた芥川賞選考委員の辞任のいきさつによって示される。

石川達三は、芥川賞選考委員としては最後となる選評のなかで（昭和四十六年上半期）、舟橋聖一が「ノイローゼ小説」ということばを使ったと紹介しながら「小説がノイローゼによって書かれるような傾向、そういう作品が読者から歓迎されるらしい傾向を見聞するにつれて、もはや私が芥川賞の選に当るべき時期は過ぎたと思った」として、昭和二十四年以来二三年間続けてきた選考委員を辞している。

そして、最後の選評のなかで、候補作八編のうち五編までが「何が書きたかったのか、作者はどんな必然的な理由でこの作品を書いたのか、それが解らない」とも書いて、若い世代による小説が理解できないことを率直に打ち明けている。

つねづね小説とは「何のために書くのか、何を書くのか、誰のために書くのか」を心がけるべきだと主張してきた石川にとって、昭和四十年代半ばともなると、理解の届かぬ小説群が数多く現われてきたのだった。これらの小説群は、小田切秀雄の言う「内向の世代」の文学であり、戦後第六番目に登場した文学世代に相当すると言えよう。ついでに言えば、その一つ前の文学世代と目される柴田翔の『されど、われらが日々――』について、石川は昭和三十九年上半期の選評で、「力倆は抜群である」と評価し、さらに、「或る一時代の左翼学生たちの、厳しさと絶望感、苦悩と愛欲のすがたが彷彿としていて、この長い作品を飽くことなしに読んだ」と書いて、柴田翔の小説が一つの時代というものを明確に捉えていることを指摘している。

このような経緯を見ると、昭和四十年にいたって、何かが変化したことを感じざるをえない。その変化は言うまでもなく第五番目の文学世代と次の世代(内向の世代)との文学的質の違いである。たとえば、選考委員を辞めるにあたって書かれた文章「芥川賞の内外」(昭和四十六年十月『文学界』)では、「最近はまた、もう一つ新しい作家たちが誕生して来た」ように見えるとして、作家名を挙げながら書いている。「例を挙げれば倉橋由美子の作品、庄司薫の作品、古井由吉の作品、それから今年七月の芥川賞候補に挙げられた（中略）作品のなかに、私には解り兼ねるものがある。（中略）最近はそのような解り兼ねる作品があとから後からと書かれる傾向である。ここに至って私は、日本の文学そのものが変って来ようとしている、と考えるようになった」。そして、このような変化の動向を受けて石川は、「是は要するに私自身が、流動する文学界の流れの外に逃れ、現役から引退するということであるかもしれない」と述べて、時代とのずれを考えざるをえないと感じている。

そして、いまひとつの変化は、石川達三自身の文学作品のそれである。石川は昭和四十一年に書いた『金環蝕』を最後に、それまでの政治的、社会的な小説はあまり手がけなくなった。その事情を次に見ていくことにしよう。

2 「約束」の網の目

これまでの章とは違って、この章では、小説の最終場面から紹介して、逆の順序で作品世界を辿ってみることにしたい。『約束された世界』の最終ページで作者は、飛行機から降り立った主人公の「私」が、地上での日常生活をどのように感じているかを、以下のように書いている。

羽田に着いた時は、夜になっていた。清潔な空の、幽閉された旅を終って地上に降りると、ここは義務の世界、そして秩序と無秩序の世界だった。一千万の人口が狭い海の岸にびっしりと住みついていた。支配し、統治し、隷属し、愛し、憎み、裏切り、集団をつくり、集団をこわし、親睦し、殺戮《さつりく》し、……その収拾のつかない混乱を、何とか収拾しようとして、人間は神をつくり仏をつくり、悪魔をつくり夜叉《やしゃ》をつくり、そして一層混乱をふかめているばかりだった。人間の絶望が神を想定した。しかし神は何の能力も持たない。幽閉された旅をおわって地上に降りてみても、私の心に解放感はなかった。

小説の結末を飾るこの文章が語っているのは、一編の小説空間である「約束された世界」が現実社会から切り取られた実験的世界であるということだ。飛行機による移動を表わす「幽閉された旅」ということばが二度にわたって繰り返されているように、また、第一章（「二つの約束」）の冒頭の句「私は窓に顔を押しつけて車輪を見ていた」と同じ表現が、最終章（「生きる……」）でも「私は小窓に顔を押しつけて、車輪を見ていた」と、意識的に繰り返されていることからもわかるように、作者は飛行機による離陸をことさら強調して、地上における日常生活と区別しようとしているのだが、しかし、どう見ても日常的な生活に大きな変化がないことも事実なのである。しかも、気がつけば、約束された世界は義務の世界となっているばかりか、「収拾のつかない混乱」の世界であり、そこは神の力によっても解決のつかない世界である。

いったい「約束された世界」の物語空間を生きてきたことが何の意味もない時間だったのか。そもそも「約束された世界」とはどのようなものだったのか。

この物語は一六の断章から成り立っているが、それぞれが独立したエピソードになっているので、一貫したストーリーがあるわけではなく、語り手の「私」が日々の体験や過去にあった話を綴りながら人間関係の有り様を探るといったものである。つまり、日常性を強調するところに特徴があり、登場人物もほとんどが「私」の肉親や友人・知人であり、なおかつ、作品のなかの時間も特定されることはない。どこか、日本の伝統的な文学形式である『徒然草』を思わせる随想に近い作品とも言える。

そして、この平板な日常性を見直す鍵概念が「約束」にほかならない。われわれの日常生活が約束の網の目によって張り巡らされていることに気づくことから物語が始まる。この約束の網の目は、地上生活から遊離した航空機の上でも例外ではない。語り手の「私」は、物語の冒頭、機内のなかで次のように考えている。

高度二〇〇〇〇メートルの空を飛ぶ飛行機を操縦しているのはパイロットであって、「私」ではない。「私」はパイロットがどんな人物か知らないし、パイロットも「私」を含めて乗客のことは何も知らない。乗客を安全に目的地まで運ぶという「約束」があるだけだ。そして、一台の飛行機が飛ぶということに、多くの人々がそれぞれの「約束」に従って役割を分担している。そのことを作者はこんなふうに述べている。

おそらくは何百人という人たちが責任を分担しながら、一台の飛行機を飛ばせるのだ。飛行機製作会社、整備士、機関士、通信士、検査員、コントロール・タワー等々。私はそのような無数の約束に支えられて、二千メートルの空を飛ぶという奇蹟を実現しているのだった。無数の約束――それが人間の社会だった。

飛行機に乗るという、たったそれだけの行為でさえ、「無数の約束」に取り囲まれている。そう考えれば、人間の一生とは毎日が絶えざる約束の連続によって成立していることになる。石川達三が、何よりもこの小説で表現したかったのは、人間の日常生活が約束の網の目によって支えられているという事実であった。

日常生活のなかの約束や決まりは、それを意識するとしないにかかわらずあらゆる人々を巻き込んでいる。普通ならばことさら意識しないことでも、語り手の「私」はそれを強く意識している。たとえば、「正義」と題された断章では、「私」は駅のプラットホームを歩いている。

ここは私の家ではない。しかし私は自由に歩きまわる。つまりこれは公共の場所であった。それは一つの約束だった。誰と誰とが約束したものか、私は知らない。しかしここは許された場所である。私たちは約束の中で生活しているのだった。

駅のホームに入ってしまえば、乗客は自由に場所を選ぶことができる。一番前の車両に乗ろうと、最後尾に乗ろうと勝手である。それは乗客と鉄道会社との、あえて約束と呼ぶこともないほどの暗黙の了解である。小説のなかの「私」はおそらく、通勤定期を所持していて、ほとんど無意識のうちに、習慣的にホームに入ったのであろう。いつでも自由に出入りできるので、プラットホームを「公共の場所」と書いている。だが、駅のホームに入るには料金を払わなければならない。無断で柵を乗り越えれば不法侵入となる。そこには明確な社会的約束が存在する。人は乗車券を購入することによって、ホームを自由に歩きまわる権利を約束されるのである。ホームを歩きまわる自由は、いわば鉄道料金の付加価値である。料金を支払ったものだけに許される条件付きの自由とは、お金で買い取った自由にほかならないが、通常そんなことをわざわざ自由とは言わない。しかし問題なのは、日常生活のなかで、それを約束と認識するかどうかである。

われわれの生活を取り巻く約束にはさまざまなニュアンスがある。たとえば、国家が成立するためにはいろんな約束が不可欠である。近代国家の成立にとって必要な約束を、十八世紀のジャン・ジャック・ルソーはコンヴァンシオンconventionと呼んだ。ルソーは『社会契約論』の初めの文章で、「社会秩序は他のすべての権利の基礎となる神聖な権利である。しかしながら、この権利は自然に由来するものではなくて、約束にもとづくものである。これらの約束がどのようなものかを知ることが問題なのだ」と述べているが、ここで約束と言っているものはconventionである。つまり、コンヴァンシオンとは社会秩序を成立させる基礎となるものなのである。それはどういうことか、ルソーは多数決を例に説明している。「実際、他に先立つ約束が存在しないならば、選挙が全員一致でないかぎり少数者にとって多数者の選択に従うことが義務だという理由はどこにあるのか。支配者を望む百人の人がそれを望まない十人に代わって票決する権利を有するのは何に由来するのか。多数決の法則それ自体が約束によって成立しているのであり、少なくとも一度は全員一致があったことを前提にしている」（第一編第五章「つねに最初の約束にさかのぼらねばならないこと」）。ここでは多数決の原理が、少数は多数に従わなければならないという、いわば暗黙の了解とでも言うべき約束によって支えられたものだと述べられている。それゆえ、この場合の約束は、慣習的な決まりのようなものなのであり、ルソーの言う「社会契約」とは、この約束が明文化された場合だと言うことができる。とはいえ、多数決の約束はつねに守られているというわけではない。たとえば世論調査で反対の意見の方が多かった場合でも、支配者はそれに従うとは限らない。暗愚な支配者を持った市民は悲劇である。

　そうしたたぐいの、国家と国民とのあいだに成立している暗黙の約束の身近な例を、この小説ではこんな場面で説明している。「私」はいつものように駅前の小さな煙草屋でたばこを買う。「紙幣をさし出すと、店番の小娘は三函のたばこをよこした。紙幣とは、要するに紙きれだった。唐草模様の中に百円と印刷した紙きれに過ぎない。それが煙草と交換されるということは、世間の約束だった。国家と人民とのあいだの約束だった。一億人の日本人がひとり残らず、その約束を信じていた。これはどのような宗教よりももっと完全な信仰だった」。
現代の国家はどこでも不兌換貨幣制を取っている。したがって、混乱なしに市場が運営されているのは、貨幣を管理し、流通に責任を持っている国家を国民が信用しているからである。つまり、「国家と人民のあいだの約束」が滞りなく果たされているからだ。約束が守られ、混乱を避けることができるのは、宗教的信仰以上の絶対的な信用にもとづくと言えるのである。
もちろん、宗教的な宿命ともいうべき約束もある。主人公の「私」はあるとき、姪が修道院に入ると言ってきかない、という相談を受ける。まだ一七歳なのに、人間の世のなかの穢《けが》れに耐えられないと主張しているらしい。そのときの主人公の反応。

人間には人間の宿命がある。先天的にあたえられた約束がある。男は男として生き、女は女として生きるよりほかはない。彼等は本能の支配から外に出ることはできない。衣食のために働き、相互に結びついて生殖のことを行う。咲子〔姪の名前〕はその約束から逃れようと考えているらしい。逃れられるはずのないものから逃れようとしているのだ。

もう一つ別の例。あるとき「私」は、温泉に宿泊して芸者を呼ぶ。やって来たのは、母親も芸者をしていて、成人する前からすでに芸者になっていたというまだ若い妓である。その女性のことを、主人公はこんなふうに見ている。「彼女は自分で求めて芸者になったのではなくて、芸者になるために産れて来たようなものだった。それは産れる前から彼女に約束された人生だった」。「先天的にあたえられた約束」とか「産れる前から約束された人生」という表現は、一種の宿命を表わしている。それ以外に選びようがない、あらかじめ決められた人生というわけである。

日本人はよく、突然の不幸に見舞われたとき、「何もかも約束だ」という言い方をする。仏教的な諦念を示すこの表現を、石川達三も用いている。「血縁」と題された断章は、父親や兄弟のことを綴った回想風の文章であるが、父親の死の場面で、「父の死が、私には極めて自然なものに思われた。約束されていた時がちかづいて来たというだけのことだった」と書いている。ここで用いられている「約束」はまさしく仏教的な諦念を示すもので、父の死を静かに受け入れる心境を語っている。

約束の領域を石川達三はかなり拡大して理解していることも指摘しておくべきだろう。それは芸術的な美の伝統と継承に関わるものである。「私」はある日、ひとりの陶芸家を訪ねる。北村というこの老陶芸家が陶器の傑作を受け継ぐ作業に精を出している姿を目の当たりにして、「私」は考える。「それらの傑作から傑作へと、陶器の歴史が綴られて現代まで続いている。そして今、この人里はなれた赤松の林の奥で、北村竹二郎は黙々として土と闘い、黙々として陶器を作っている。ここに一つの約束がある。古代の陶工と現代の陶工とのあいだに、脈々として伝わる一つの約束がある。その約束とは、（何が美であるか）ということだ。美を作る作業だけが、陶芸の歴史をつらぬいて、現代にまで及んでいる」。

どんな芸術の分野も例外なく美の探求を目指すものである以上、師匠も弟子もひたすら美を追求し、その技術が伝承され受け継がれていく。しかし、それを「約束」と呼ぶのが適切であるかどうか、芸術の伝統における美の継承は、約束というよりは、場合によっては約束の破壊と言う方がいいのかもしれない。師匠から伝えられるのは美を表現する技術であり、作品制作に取り組む姿勢といったものであって、美の概念そのものではないはずである。免許皆伝といったものは伎倆の認定であり、資格の授与であって、約束などではない。美の創造とは、師匠から伝えられる美の伝統というものを否定し、克服することによって得られるものと言っていい。

さまざまな約束の網の目によって成立しているところに現代社会の特徴があることを作者は強調し、しかもその約束の概念が多様であることも明らかなので、あらためて整理しておく必要があるだろう。「約束」は、これまで辿ってきたように、少なくとも四種類に分類することができそうである。

第一は、誓約的約束とでも言うべきもので、人と人とが或る事柄について取り決めをし、それを守ることをお互いに誓うことである。期限を区切ることもあれば、無期限の場合もある。相手は個人というだけではなく組織の場合もありうるし、また、自分自身に対して誓うこともある。

第二は、或る社会や共同体において、各個人がそれを守らなければならない決まり、または慣習的規範といった社会的約束である。法律のように明文化されたものもあれば、政党の選挙公約のように公的な責任を伴ったものもある。政治家個人の公約は安易に破られることが多いので、第一の誓約的約束に属するかもしれない。

第三は、宿命的に定まっている運命のようなもので、いわば宗教的約束である。日本人は偶然の出来事や不慮の不幸に見舞われたときに、「何もかも約束だ」と言うことがある。あらかじめ定められた、逃れることができない運命のようなものなのである。

第四は、芸術的約束とでも言うべきもの。作者の名前もわからない古代の芸術作品と現代をつなぐものは、何が美であるかという概念をめぐる約束なのだと、作者は言っている。

われわれの日常生活は、ちょっと注意して見つめるだけで、こうしたさまざまな性格の約束によってがんじがらめにされていることに気づくはずである。そもそもわれわれの出生自体がいくつかの約束に従っている。生まれた時代が二十世紀であるとか、場所が日本の片田舎であるとか、家庭がたいへん裕福であるとか、出生の条件である時代や場所や環境が偶然の約束によって宿命づけられているのだ。

3　義務の世界

「約束された世界」ということばが予想させるものは、どちらかと言えば秩序立った、平穏な世界である。しかし、約束が守られ、秩序が維持されるためには、それを実現するための義務や拘束が伴わなければならない。現実社会は義務の世界なのである。

たとえば、先に触れた駅のホームでの自由に関連して言えば、乗客が目的地までの料金を払えば鉄道会社はその距離を無事に届けるという約束が成立する。乗客には料金を支払うという義務があるし、鉄道には運搬の義務がある。約束には当事者双方に義務がつきまとっている。義務にはつねに拘束や強制が伴うから、「約束の中で生活している」ということは、無数の拘束を受けながら日常生活を送っていることにほかならない。このことを作者は、第一の断章で「二つの矛盾した機能」と呼んで次のように書いている。

それは〔さまざまな約束によって飛行機の旅をしたということ〕不思議なことではなくて、最も平凡なことだった。それが社会の約束であった。無数の約束が、無線電信の細長いポールをたくさんの針金が支えているように、私を八方から支えていた。人間同志の約束、社会と社会との約束、無限に複雑な約束の網目によって私は支えられていた。この約束の支えが私の自由であり、同時に私を拘束するものだった。約束が同時に二つの矛盾した機能を果していた。

二つの重要なことがいきなり連続的に表現されているので、厄介な文章となっているが、一つは、われわれの生活が無数の約束によって成立しており、その限りでは「最も平凡なこと」にすぎないというのである。ところが後段では、その約束が自由であると同時に拘束でもあるという二つの側面を併せ持っていると指摘される。われわれの日常生活は、もし約束のない社会であるとすれば、無秩序で危険きわまりないものになってしまう。それは交通信号の約束が無視された場合を想定しただけでも想像がつく。それゆえ、信号のルールを守ることこそがわれわれの自由なのである。それと同時に、約束を守ることは守らなければならないという意識を必然的に伴っている。約束は文字通り拘束なのである。この二つの側面は約束が本質的に内包している性質であるだけでなく、世界の多くの事柄が多かれ少なかれ持っている二面性であるとも言える。

約束には必然的に「守らなければならない」という義務がつきまとう。そして現代社会は、この義務が肥大化した社会である。作者はそれを義務機構と呼んでいる。義務機構とは何か。「独房（義務）」と題された断章のなかで、作者はこんな説明をしている。

　人間社会のなかには、社会機構や経済機構と並行して、眼に見えない義務機構というものが存在している。複雑にからまりあった無数の義務が、まるで高層建築の鉄材のように重なりあい、結びあい、その累積した義務と義務とが社会という人間集団をつくり、或る目的をもった一つの組織をかたちづくる。政治組織、産業組織、教育組織、文化組織などのすべての組織は、その組織に参加するすべての個人が負わされている無数の義務の累積の上に成り立っているのだ。この巨大な義務機構が、あたかも珊瑚虫《さんごちゅう》があつまって珊瑚礁をかたちづくるように、現代社会をかたちづくる堅固な骨格となっている。

現代社会に生きる人間がどれだけ無数の義務によってがんじがらめにされているかを強調したこの文章は、約束と義務とが密接な相関関係にあることをあらためて語っている。人と人との約束が守られなければ、それは背信行為となり、極端な場合には傷害事件を引き起こす原因ともなる。また、社会的約束が破られたときには、犯罪として扱われ、処罰の対象となるかもしれない。それゆえ、約束を守るという義務が生じ、義務が強制されることになる。とりわけ、人間集団が問題になる場合には、義務機構という、大がかりな義務関係が発生する。それゆえ、この小説のなかで作者が義務機構を取り上げているのは、死刑囚を扱った「独房（義務）」の断章と、軍隊での体験を語っている「戦争」の断章だけであるのは象徴的である。作者は軍隊組織を「完璧な義務機構」と呼んでいる。軍隊では個人の自由はひとかけらも残っておらず、各人の全生活が完全な統制下に置かれ、支配されている。監獄や軍隊は、約束が守られなければ組織が大混乱を来たし、収拾がつかなくなってしまう代表的な例であるからだ。かくして、約束の網の目によって作られる世界は、無数の義務によって束縛された世界でもあり、「現代社会をかたちづくる堅固な骨格」をなしているのは、現代社会が巨大な義務機構にほかならないからである。現代社会に生きる人間はこの義務から逃れることはできない。義務こそが宿命的な約束であるという逆説さえ成立しそうである。ここでもう一度この章の冒頭で引用した小説の最終ページの部分を思い起こして欲しい。作者は、飛行機の旅を終わって地上に降り立ってみると、そこは「義務の世界、そして秩序と無秩序の世界だった」と書いていた。現代社会は約束を守るためにさまざまな義務によって縛られた世界なのであり、義務を果たすことによって秩序が保たれることが期待される社会なのである。

4 「彼」と「彼女」の物語
――『解放された世界』――

『解放された世界』は昭和四十六年一月に、書き下ろし小説として発表された。『約束された世界』から四年ばかり経っているが、内容の上では二つの作品は密接に関連している。つまり、約束の網の目にがんじがらめとなっている状態から、人は本当に解放されることが可能かというのが『解放された世界』の基本的なテーマだからである。このテーマは前作のなかですでに部分的に提起されていたものだった。

『約束された世界』の一六の断章のなかには、ときどき奇妙と思われるエピソードが挿入されているのだが、「二人の母」という断章は、或る作家の妻が、語り手の「私」を訪ねてくる話である。この妻の訴えるところでは、良人はもう一週間前から帰宅せず、行方不明だという。よくよく聞いてみると、その良人は「私」の名前を用いて二年三ヶ月のあいだ妻と同棲して子供までもうけたのだが、実際にはその良人は誰なのかわからないのであった。この話を語りながら、作者はこんなことを書いている。

本当のことを言えば、男という男はすべて風来坊であって、氏素性などは信ずるに足りない。純粋にひとりの男とひとりの女とが愛し合う為には、名前などは問題にならない筈だ。

お互いに名前など不要だという愛情関係は、いわば純粋な約束だけによって成立する関係とでも言うべきものであるが、このような関係が独立した作品として発展したのが『解放された世界』なのである。それゆえ、この小説は、登場人物が彼と彼女という代名詞しか存在しない物語となる。

この作品の登場人物は中年の男女二人だけである。二人は名前もなければ、職業も住所も不明である。しかも二人のあいだでさえ、連絡のつけようがないといった具合なのだ。その成り行きはこうである。

或る男（「彼」とされている）と女（「彼女」として登場）は、あるときパリ発羽田行きの航空機で隣り合わせになる。男は自分の名刺を差し出して自己紹介しようとするが、女はそれを拒んで名刺を見ないまま突き返す。常識的には非礼な行為と思われるが、男は突き返された名刺を破り捨てて、この偶然の機会を利用するかのように、お互いに身分を明かすことなく毎週土曜日毎に会うことを提案する。氏も素性も、身分も職業も何もわからない人間は「架空の人間」であり、架空の人間同士の会話は、完全に自由で、何者にも拘束されないものとなるかもしれない。それは空想的な話ではあるが、「約束の網の目」

から解放された時間を予想させるものでもある。男は女に語りかける。

そんなことが本当にできたら、どんなに良いだろうかと思います。その時だけは私はたしかに解放されるんじゃないか。私自身からの解放。あるいは人生というこの重い鎖につながれた永い時間からの一時的な解放ですね。しかもその解放された私の時間を誰も知らない、あなただけしか知らないということだ。

彼女は男の誘惑の危険を感じながらも、互いに連絡のつけようがない間柄だからいつでも関係を切ることができると考えて、会うことを承諾する。彼女自身、架空の時間に興味を抱いたからだ。

二人は毎週土曜日の晩ホテルに一室を借りて、現実とも架空ともつかぬ、自分自身のことでも全く他人のことでもないような話を語り合い、ときには肉体関係も結び、ホテルの食事を楽しむ。女が、ときには顔を見せない週もある。それは全く二人のあいだで了解された、自由な行為なのだ。彼と彼女の会話は、男女の関係、夫婦の関係、人生論など広範囲に及び、そこには作者石川達三の思想がはっきりと映し出されているのだが、何しろ物語の設定が架空の人間同士の会話なのだから、ここではその内容にあまり深入りしないことにする。ともかく、小説のなかで男女のあいだに生起している現実の関係とは、次のようなものである。

これこそ純粋な意味の、解放された性の姿ではないでしょうか。（中略）私たちの間には義務もなければ拘束もない。もちろん利害打算など有ろうはずもない。男性と女性とですから、結合を求める自然な要求にしたがって、両方の合意があった時だけその欲望を充《み》たす。しかし決して相手に強制することはない。

ある意味では理想的な自然な関係と言うべきかもしれない。他方では、これ以上無責任で、架空の関係もないと感じられるものでもある。

ところが、この日常生活から解放された、全く自由と思われた二人の時間・空間に、逃れることのできない現実世界そのものが襲ってくる。彼女が妊娠してしまったのである。それは厳然たる現実の復讐と言うほかはないが、別の表現をすれば、架空の自由の呪縛からの覚醒でもあるだろう。そのことは、小説の最後の文章が二重の解放として表現していることからも明らかである。「そして彼女は自由になり、現在の苦境から解放される。つまりはあの架空の自由からの自由であり、あの架空の解放の世界からもう一度解放されるはずであった」のである。

妊娠という生理的事実は、全くの突発的な現実ではなく、ある程度予想されていたことでもあるだろう。だが「彼女」は、半年ほどのあいだ続いた二人の関係が、どんなに中途半端で、あやふやなものであったかを思い知らされている。「彼女」は理解するのだ、「彼等二人の解放は二人のあいだだけに限られたもの、それ以外の世界には通用し得ないものであり、彼等二人の自由もまた、二人以外は誰も居ない場所だけの自由に過ぎなかった」ということを。他人から見ればまるでままごと遊びにすぎないような自由であり、解放だったのである。まるで児戯に等しい自由は、土曜日の晩というごく限定された時間だけのものであり、それ以外のほとんどの時間は普段と変わらないものである。一〇％の時間によって九〇％の時間をカバーすることはできない。しかし、小説とはその一〇％を描くものだという説明も成立しないわけではない。『解放された世界』という小説は一つの長編として成立したわけだが、作者が作品の結末で、「あの架空の自由からの自由であり、あの架空の解放の世界からもう一度解放される」と書いて筆を擱いた時点で、九〇％の時間に戻ろうとしていることになる。

こうして、『解放された世界』は、日常的、拘束的な約束の世界からの解放を描くことを目的にして構想された実験的作品であったが、最終的には、その日常の世界へと回帰せざるをえないことを確認するものとなった。われわれは約束された世界から逃れることはできないのである。

5　人間崩壊の危機
――『その最後の世界』――

これまで見てきたように、昭和四十年代に入って石川達三は、日常世界を「約束」というキーワードを用いて見つめ直そうとした。『約束された世界』はさまざまな人間関係を約束という概念で捉えようとした小説だった。約束は必然的に拘束を伴い、義務関係を生み出すが、そういう義務の重荷を回避する試みとして、『解放された世界』では、「彼」と「彼女」による、代名詞だけの抽象の世界が創り出された。ところが、「世界シリーズ」とも言うべきものの第三作『その最後の世界』（昭和四十九年十月）では、約束にもとづく秩序の世界が崩壊の危機に直面して、社会そのものの成立が危うくなった人間関係が描き出されているように見える。

主人公の関口想吉は裁判所の判事で、今年五十二歳になる。この主人公の目を通していろいろなケースの犯罪や事件を扱っているが、そのほとんどが男女関係の問題である。しかし、小説は判決や裁判記録ではない。主人公はひたすら当事者たちの意識や考えに興味を持ち、その事情や動機を聞き出そうとするが、判決を下してはいない。すなわち、主人公の関心は作者自身の関心と重なり合っているのである。

また、関口判事には、裁判事件とは別に、日常生活ではいつも立ち寄る古仙堂という骨董屋のサロンでの付き合いがあり、そこでの顔なじみが抱えている家庭の問題も取り上げられている。そのいくつかの例を具体的に見ておこう。

まず捨て子の事件。今の若い親たちは何の苦もなく赤ん坊を捨ててしまう。平井つね子は母親としての愛情を全く持ち合わせておらず、自分は刑に服すから、その代わり子どもは孤児院かどこかで養って欲しいと言う。また、関口判事の姪である宮部展子は、妻子ある警官とのあいだに生まれた赤ん坊を棄ててしまう。相手の男を愛しているわけでもないし、金銭関係があるわけでもない。子どもは煩わしいので引き取って育てる気もない、と言い、結婚は「男のエゴイズムに奉仕するだけの事」であって、自分ひとりで「勝手に生きて行く方がいい」と考えている。中年の主人公関口は、現代の若者について、彼らが何を求めて生きているのか理解に苦しみ、批判的な目を向ける。

現代の若者たちはしきりに生き甲斐を口にする。それは彼等が何かしら生き甲斐というものを見失っているからではないのか。展子にしてもそうだ。結婚にも家庭生活にも育児にも、彼女は生き甲斐を感じることができない。そしてしきりに生き甲斐を外に捜している。流動する社会の中に、変転きわまりない社会の中に、あの古い物語の中の青い鳥を探す子供たちのように、彼女は生き甲斐を探して流浪する。（新潮文庫版）

そして関口判事は、そうなった原因は若者ばかりの罪ではないとも考える。「何かしら底の方から崩れかかっているような今の世の中の悪さが、いろいろな形で展子の思想に影響しているに違いない」。石川達三は「底の方から崩れかかっている」現代社会の病根については具体的に指摘しているわけではないが、この小説の個々のエピソードは、そうした「世の中の悪さ」に影響を受けたと思われる具体例を執拗に追求している。しかし、裁判官である主人公の立場からは、犯罪を犯した者たちやその実態しか目につかず、その根源的な原因までは深く追求するにいたらない。

さらに、関口判事はこんな犯罪事件にも立ち会っている。

六一歳になる中小企業の社長は、人生最後の望みとばかりに、酒場の若いホステスに入れ上げ、別世帯を持つことになる。しかし、この女性には働きのない亭主がおり、一〇〇万円渡せば離婚するという。女性は新しく借りたマンションに移り、社長との関係が始まるが、亭主とは離婚するわけでもなくときどき夫婦関係も続けている。三ヶ月ほど過ぎて、社長がしばらくヨーロッパ旅行に出かけて戻ってくると、女性はすでに何処とも知れずマンションを引き払っており、勤めていた酒場もやめていた。老社長はみすみす詐欺にあったのか、それとも女の亭主が一時的にもせよ女房を他の男に金銭で売ったことになるのか。関口判事は戸惑いを禁じえない。

ところがいまこの法廷に並んでいる一組の夫婦は、正常人であり健康人であり、通常の教育を受けた人間でありながら、夫婦という言葉の概念に全く当てはまらない夫婦であるらしい。その夫婦は相互に、相手を独占しようとする欲望をもたない。従って相手が他の異性との間に性関係を持つことに対して、特に嫉妬の感情をも持っていない。且つまた彼等は相互に憎悪を感じているわけではなく、或る程度の愛情はもっていると称しておりながら、その婚姻関係を継続しようという意志を持っていない。

まさしく性秩序の崩壊、夫婦関係の紊乱《びんらん》と言えるが、平成も四半世紀が過ぎた今日の時点から見れば、もはや決して珍しくもない、古くさいほどの現象であり、今日の方がむしろ最悪の事態にまで進行していると言うべきかもしれない。主人公が「何かしら自分の立っている基盤そのものが底の方から揺らいで来るような不安」を感じている事態がますます深刻さを増しているのである。

似たような事例で、こんなものもある。

通産省に勤務する男女の同僚が二年ほど前から男女関係にある。女性には良人がいて、離婚を求めるが拒否されたので、二人は共謀して良人の殺害を計画する。生命保険に加入し、良人を車でひき殺してしまうが、殺人容疑で逮捕され、保険金も下りない。愛情よりも保険金目当ての殺人であるのは、その根底に男女の性関係がある。すなわち、男は「性関係を罠に使って女を曳きずりこみ、女はその性関係に縛られて良人殺しの共犯者となった」のである。ところが、弁護人は、「人妻と雖も第三者たる男性と恋愛をする自由は保障されております」と、ひたすら女性の自由を強調するしまつだ。関口判事は自由について考え込まざるをえない。

またしても自由だ……と関口は思った。行く先々、至るところ、まるで鳥黐《とりもち》のように自由が付いて廻る。愛の自由、離婚の自由、性関係の自由。……その自由が粘りつくと、何もかも駄目になってしまうのだ。個人は自由を要求する。社会は秩序を要求する。自由と秩序とは根本的に相容れない。個人と社会とが相容れない関係になる。そこから、あらゆる紛糾がおこってくる。（傍点原文）

自由をめぐっての個人と社会との根本的な矛盾や対立が取り上げられている。個人の自由を勝手放題の我儘なものとして捉え、社会を秩序の世界と位置づけるならば、個人と社会は必然的に相対立するものとなる。しかし、個人の自由とは、本来的に他者との相対的関係においてのみ成立するものであり、すでに見てきたように、さまざまな約束によって制限されたものなのであった。それゆえ、ここでの主人公関口想吉の感想は「約束の世界」から逸脱している、と言わざるをえない。この社会が約束の網目によって覆われているとすれば、個人の自由もまたさまざまな約束によって縛られているのは言うまでもない。

この小説には、これまで紹介してきた事件以外にも、親子関係、夫婦関係、愛人関係、兄弟関係などいろいろなケースで、自分の欲得だけにしか目が向かず、相手のことは全く信頼することのできない人物たちが登場している。さらに、人類の滅亡を叫ぶ高校生の放火事件、無差別に引き起こされる爆弾事件なども描かれている。こうして現代人の異常な犯罪は限りなく拡がっている。それは裁判の被告人だけではなく、古仙堂のサロンに集う人たちの家庭生活のなかでも起こっていることなのである。孤立しバラバラになった個人の社会、それを作者は「最後の世界」と呼んでいる。

人類は個人にまで復元しつつある。あらゆる係累をはなれて、みんな孤独になって行く。ひとりぼっちになって行く。眼に見えるすべての人間は、ことごとく他人になってしまうだろう。親も他人、子も他人。昨夜から今朝まで寝室を共にした女さえも、朝が来て、その部屋から一歩外に出て行った時から、もはや赤の他人である。

それが人間にとっての最後の世界だ……と関口想吉は思った。（傍点原文）

他者への理解がないばかりかそもそも理解しようともしない、人を愛することもなく、愛情は面倒だと考える。孤独で、自分本位で、他人を信頼できない人間に約束はありえない。最後の世界とは約束の成立しえない、無法の世界なのだ。小説『その最後の世界』は、人との結びつきを喪失してしまい、堕ちるところまで堕ちてしまった現代人の病弊を抉り出そうとした作品と言うべきだろう。

終章　自由のゆくえ

――『若者たちの悲歌《エレジィ》』――

　書き下ろしの長編『若者たちの悲歌《エレジィ》』が刊行されたのは昭和五十八年（一九八三）、石川達三七八歳のときで、これが最期の長編小説となった。タイトルが端的に表現しているように、この作品は、現代の若者たちの意識や行動を描きながら、彼らが生きる目的も意欲も見出すことができない悲劇を描こうとしている。

　前章で取り上げた『その最後の世界』は、関口判事が裁判で関わったり、自分の身辺で起こった事件や体験を、自分の眼を通して見つめ、語ったものであった。中年の判事から見た現代人は、孤独で、自分本位で、他人を信頼できなくなった人間であり、人との結びつきを喪失してしまった存在であった。『若者たちの悲劇』では、関口判事のような経験を積んだ大人ではなく、若者たちだけが主人公となっているが、彼らの特徴は、人生を謳歌するでもなく、そうかといって絶望してしまうわけでもなくて、生きるための明確な目的を持たず、そしてはっきりとした理由もなく自殺してしまうところにある。

もともと石川が青年を描いた小説は、『僕たちの失敗』（昭和三十七年）や『青春の蹉跌』（四十三年）をはじめとして、悲劇的に終わるものが多い。しかし、『若者たちの悲劇』ほど作中人物が何人も自ら生命を絶つ作品は他に類を見ない。いったい、最期の作品において、なぜ若者たちが次々に自殺する姿を描いたのだろうか。この章では、主人公羽島桂子が自死の道を選ぶにいたる経過を辿りながら、昭和五十年代の青年の生き方と、石川達三の作品世界との関連を考えることにしたい。

1　孤独な主人公

主人公羽島桂子の生き方については、二つの点に注目しておきたい。一つは、彼女があまりにも孤独な人生を送っているということである。桂子は短大生で二〇歳。当初は、アルバイト先のスーパーの主任や支店長と肉体関係を結び、その後は病院長の息子である飯田勇次のカメラのモデルとなり、同棲生活を送るようになる。さらにその弟飯田敏春とも関係を持ち、妊娠する。一見ふしだらで、華やかな男性関係に彩られているように見えるが、注意して見ると、彼女のまわりには親友と呼べるような人物はひとりもいない。彼女の生き方は、心を割って話し合える存在を拒否しているかのようだ。

この主人公が小学校、中学校、そして高校の学校生活をどのように過ごしたかは全く書かれてはいない。しかし、話し合える同級生がひとりもいないというのは、彼女に友だちをつくる気がなかったのか、そもそも友だちができないような性格なのか。他の短大生についても、「男も女もひどく感情的で、映画の話と恋愛の話ばかりしていた。そんな訳で羽島桂子は同級生たちを軽蔑していた」と書かれており、作者は、友だちのいない主人公を意識的に創作しているように思われる。その上、母親は良人との関係が原因で自殺してしまい、姉妹もいない桂子には、親身になって相談できる女性はまわりにひとりもいないのである。

羽島桂子は自分の意思を通そうとする女性である。しかし、その主張はあまりに単純で、気ままな思いつきにすぎないように見えるが、結論だけははっきりしていて迷いがない。たとえば、飯田勇次と同棲する際に語られることばにその特徴がよく表われている。

「大体結婚というのは女が損をするのよ。男性支配の社会で、男は威張っていて、女がみんなサービスして居るのね。馬鹿《ばか》なはなし。男女平等なんて大嘘《おおうそ》よ。だから私は結婚反対なの。（中略）籍を入れたり誓いを立てたり、そんな厄介《やっかい》な事は一切やめて、同棲《どうせい》でいいじゃないの。身軽で無責任でね。もちろん子供はやめるのね。その為の安全で文化的な薬も有るんだから、これ以上人口を殖やさない方が賢明だと思う。二十年もかかって子供を一人前に育てるなんて、そんな能率の悪い馬鹿な話って有るかしら」（新潮文庫版）

結婚も子育ても拒否するということは、夫婦関係も親子関係も否定することである。その理由はただ「身軽で無責任」な方がいいということだけである。桂子は自ら人間関係を身軽にして生きようとしている。もっと言えば、人間関係をうまく築くことができない現代人の孤独な姿そのものを象徴している。そして、自己主張が強く、妥協を許さない性格が災いして、結局桂子と勇次は同棲生活を解消することになる。羽島桂子は、自死への結末へと進まざるをえない孤独な女性として描かれていると言えよう。

2 目的のない人生

羽島桂子の生き方でもう一つ注目すべき点は、彼女の人生には生きる目的というものが無いことである。

彼女はスーパーでアルバイトをしながら学資を稼いでいる。自宅を飛び出して下宿生活を始めると、写真のモデルをして小遣いを稼ぐこともある。短大卒業後はスーパーの正社員となるが、給料だけでは生活できないので、スーパーの支店長と関係を持って、生活費を補っている。このように、彼女には生活力があり、生活上の決断も明確なのであるが、しかし、何のために生きているのかという目的らしきものは一向に考えられていない。飯田勇次と同棲し、妊娠するが、勝手に中絶してしまう。結婚を嫌って同棲するのも、子供を拒否して中絶するのも自分ひとりの意思であって、誰かに相談するということは全くしない。
ところが、彼女の前に勇次の弟敏春が現われる。アメリカ帰りのこの弟は、兄とは違って徹底してニヒルな生き方をしている。彼女は本能的に同じ種類の人間を敏春のなかに感じて、肉体関係を結び、勇次とは別れる。そして敏春の子供を妊娠し、今度は生もうと決心する。しかしその心境の変化はどこから来るのか、あまり明確ではない。桂子が敏春の子を生もうと決心する様子がこんなふうに説明される。

普通には妊娠は個体の意志だと言うよりは、個体の宿命であり種族の宿命である。しかし羽島桂子のこの場合は本人の意志、本人の願望であった。彼女は経済生活に行き詰まって飯田敏春の援助を求めようとしていた。即《すなわ》ち計画的に妊娠し、彼の子を産むことによって、敏春に「牡《おす》」としての責任を押し付け、彼の経済力に頼って彼女とその子供との生活の安定をはかろうと計画したのであった。

男の経済力に依存して生きるというのは全くありふれた、ご都合主義的な生活であり、それまでの彼女の生き方とは完全に矛盾している。小説の構造そのものに綻びが生じていると言うほかはない。それまでは勇次の子供を拒否して自分の意思をはっきり示していた桂子が、なぜ敏春の子供を生むことにしたのか、この引用文だけでは説明にもなっていない。小説の構造に亀裂が生じたと言うしかないのである。

桂子は出産を決意するが、結局死産になってしまう。だが、生まれてくるはずの子供に対して母親としての愛情を持つことができない女性にとって、そのことはむしろ、受け入れるべき宿命なのかもしれない。作者は、現代の若い女性が背負っているこうした宿命的状況を、きわめて客観的、分析的な筆致で描いている。

そして彼女〔羽島桂子〕は人生に対し又は自分に対し、強い絶望感を持って居《お》り、異性に対しても自分の胎児に対しても愛情を持たない女であった。そのような愛情の欠落した性格は、或いは現代文明、社会の人間にむしろ珍しくないものであったかも知れない。理由は解らない。過度の物質文化、人口の密度等による精神の崩壊現象であっただろうか。桂子自身は自分の性格の中の愛情の欠落に気が付いては居ない。その為に彼女の生活が常に不安定であり、常に孤独であり、目的を失い、彼女の絶望を一層深める結果になって居るのだった。

石川達三が『若者たちの悲歌』のなかで何を表現したかったたか、この文章はそのことを見事に要約していると思われる。羽島桂子の「愛情の欠落した性格」は、現代の若者に共通した「精神の崩壊現象」の表われであり、愛情の欠落は孤独な生活を余儀なくさせ、人生の目的さえ奪ってしまうほどである。そして、絶望の果てに自殺へと追いやられてしまうのだ。自殺とは、ある意味で、説明のつかないものだ。作者は、簡単に自殺の道を選ぶ若者たちの姿を次々と描いていくが、その原因や背景を十分説明しているようには見えない。

3　自死への道

この小説の男性主人公とも言うべき飯田敏春は、兄の勇次とは違って、全く虚無的な生き方をしている。アメリカに留学して薬学を勉強したことになっているが、帰国してからは右翼グループに加わったかと思うと、共産党の仕事を手伝ってみたり、バイクを運転して薬品の宣伝をしたりしている。最後には、バイク事故で子供を撥ねて自暴自棄になり、桂子に誘われるがままにいっしょに自殺してしまう。彼の虚無的な生き方は、作者からは「無頼の徒、浮浪の徒」とさえ呼ばれて、その様子は作品のいたるところで示されている。たとえば、桂子が彼の子供を産もうとしているのに対して、「敏春の方は責任を回避したい。約束とか責任とか、とにかく縛られる事が何よりも嫌いな男だった。兄貴にも継母《ままはは》にも職業にも情婦にも、一切縛られたくない青年であった。当然現在の文明社会からははみ出した、無頼の徒であり浮浪の徒であった」。

それゆえ、桂子が敏春の子を死産しても何の関心も責任も感じないし、看護婦の渡辺千代子が彼の子を妊娠したまま自殺したときも、全く感情を動かすことはない。

一方、飯田勇次は、自分の意思を強く主張するようなタイプではなく、むしろまわりの意見に柔順に従う方である。だからといって、順調な生活を送っているわけではない。彼との結婚を望んで妊娠している看護婦の宮脇素子は、彼の義母濤子の反対にあって、行方をくらましてしまったし、濤子が無理に推し進めた深田喜代子との見合い結婚は失敗に終わり、喜代子は離婚したあと自殺してしまう。ところで、小説の後半になっていきなり登場する深田喜代子という女性の存在をどのように解釈したらいいのか、読者は戸惑うばかりだが、作者はおそらく、現代の若者が共通に持っている自殺の実態を示すために、登場させたものと想像される。

羽島桂子は当初は生命について決して否定的ではなかった。彼女は、スーパーの支店長との性行為を経験しながら、人間の性行動は「絶望の象徴」ではないかと感じつつ、こう考えている。

死ぬ事は何でもないと、桂子は思っていた。けれども自殺とは与えられた人間の運命を回避すること、絶望からの逃避であるに違いない。自殺を選ぶと言う事は死の中に望みを抱いている事であり、一種の矛盾でもある。要するに卑怯《ひきょう》な事である。（私は最後まで絶望の中で生きて行くべきだ）と桂子は思った。

かりに人が自殺を望み、自殺を実際に実行するとしたら、それは本人が自らの願望を決然と実現したことになり、「矛盾」でも「卑怯な事」でもなく、また「絶望からの逃避」とは言えないかもしれない。しかし、作者がここで言わんとしていることは、人生とは絶望そのものにほかならないが、その絶望を回避せずに生き抜くことが人間の運命を回避しない生き方だということである。それゆえ、この場面での桂子は、絶望を口にしながら、あくまでも生への強い意志を示していることになる。

同じことが飯田敏春にも言える。病気で入院した桂子がすっかり弱気になり、「妥協はしたくない。誰にも頼らない強い生き方をしたいと思う。それが出来なくなったら私はもう生きて居たいとは思わない。私は死んだ方がいいのかしら」と洩らすのに対して、敏春は、こう答えている。

「生きて居たって是から先、吾々《われわれ》の人生に望みなんか有りやしません。（中略）僕が即死すれば僕の問題はおしまいだ。嫂さんが死ねば嫂さんの問題はおしまいです。しかしそれは個人としてのおしまい、個人的な結論であって、世界中の若い人たちが皆ポルノに溺《おぼ》れて居る、この現実の解決にはなりません。僕ひとりが即死したって、それは解決ではなくて、僕が問題から脱落した事、逃げ出しただけの事だ。どうしたら宣いのか僕には解らない。」

敏春は、個人のレベルと若者全体のレベルの問題があることを語りながら、個人の自殺は問題の解決ではなくて、問題からの脱落にすぎないと述べて、若者の自殺が社会全体の問題として考えられねばならないことを指摘している。別言すれば、自殺の問題を個人の問題に矮小化してはならないということであり、時代の特徴として捉えなければならないということである。

羽島桂子にしても飯田敏春にしても、作品の前半まではそれなりに主張が首尾一貫していたと言える。ところが、後半になってその主張は脆くも崩れていく。桂子は敏春の子供を身籠もってから、それまでとは生活態度も考え方も一変したように見える。彼女は敏春に向かって、「此の前は勇次さんの子供を処分してしまったけれど、手術を何度も繰り返すのは悪いんだってね。そういう訳で済まないけど今度は私を養って頂戴」と言う。作者はそんな主人公の様子をこんなふうに表現している。

私を養って頂戴と言うのは桂子にして見れば、あらゆる誇りを捨てる事であった。今後はもう二度と男性と対等になれない事でもあった。対等でもなく平等でも無かった。桂子は貧しさの為に自分の自由を失った事を知っていた。自由を失いたくは無かった。言論表現の自由、思想の自由、行動の自由、経済的な自由。自由はそれを使わなくてもいい。いつでも使える物として持って居るだけで気持ちがしゃんとするようなものであった。(傍点原文)

女性には妊娠、出産する性という宿命がある。働くことができなければ、自立した生活も不可能となる。桂子があれだけ執着していた自由な意思も失われてしまうのだ。

石川達三の表現には「現代の文明社会」とか「現代文明社会の人間」ということばがよく現われる。現代社会が高度に発達した社会であればあるほど、皮肉なことにそれは、人々が生きる目標を喪失して精神的に病んだ社会であること、そこからの回復の道は容易に発見できないことを、作者は示そうとしている。

結局、この小説では、四人の若者と一人の母親の五人が自殺し、ひとりの女性が行方不明になっている。それゆえ、自殺の原因と考えるべきものは何かを追求することがこの作品のテーマだと思われるのだが、作中人物のほとんどが生きる目的を見出すことができず、しかもそのことに何の不安も疑問も感じてはいない。自殺という人生における最終的な問題そのものが問題として感じられなくなっている若者たちの生態、——そこに現代文明社会の悲劇がある。

参考文献

『石川達三作品集』全二五巻、新潮社、一九七二—七四

『石川達三選集』全一四巻（第四、一二巻未刊）、目黒書店、一九四八—四九

石川達三『経験的小説論』文藝春秋、一九七〇

石川達三『作中人物』文化出版局、一九七〇

石川達三『自由と倫理』文藝春秋、一九七二

石川達三『人間の愛と自由』新潮文庫、一九七五

石川達三『徴用日記その他』幻戯書房、二〇一五

＊

浜野健三郎『石川達三の世界』文藝春秋、一九七六

久保田正文『石川達三論』永田書房、一九七二

久保田正文『新・石川達三論』永田書房、一九七九

小倉一彦『石川達三ノート』秋田書房、一九八五

白石喜彦『石川達三の戦争小説』翰林書房、二〇〇三

青木信雄『石川達三研究』双文社出版、二〇〇八

河原理子『戦争と検閲』岩波新書、二〇一五

秋田市立中央図書館明徳館『石川達三著作目録』二〇〇五

はじめに

石川達三『生きるための自由』新潮社、一九七六
石川達三『不安と不信の時代に――自由への道程』文春文庫、一九七七

序　章

石川達三『最近南米往来記』中公文庫、一九八一
高田瑞穂『展望現代日本文学』修文館、一九四一
高見順『私の小説勉強』竹村書房、一九三九
窪川鶴次郎『再説現代文学論』昭樹社、一九四四
十返一『現代の文学』明石書房、一九四一
『宮本百合子全集』第一二巻、新日本出版社、一九八〇
中村政則『昭和の恐慌（昭和の歴史第二巻）』小学館、一九八二
塩澤実信『ベストセラー昭和史』展望社、二〇〇二

第一章

『正宗白鳥全集』第六巻、新潮社、一九六五
増田弘『公職追放論』岩波書店、一九九八

第二章

石川達三『わが人生観』大和書房、一九七二
石川達三『恋愛論・結婚論（石川達三読本Ⅰ）』大和書房、一九七四
石川達三『女性の虚偽と真実（石川達三読本Ⅲ）』大和書房、一九七四

第三章

石川達三「解決なき結末」『毎日新聞』一九五一年三月一四日
座談会「『風にそよぐ葦』と現実」『中央公論』一九五一年七月号
佐藤卓己『言論統制』中公新書、二〇〇四
清沢洌『暗黒日記一〜三』ちくま学芸文庫、二〇〇二
小熊英二『民主と愛国』新曜社、二〇〇二
畑中繁雄『日本ファシズム言論弾圧抄史』高文堂、一九八六
黒田秀俊『血ぬられた言論』学風書院、一九五一
岩田恵子「『風にそよぐ葦』」『解釈と鑑賞』二〇〇五年四月号
菊池章一「『風にそよぐ葦』の問題」『新日本文学』一九五一年九月号
小関きよ子「『風にそよぐ葦』研究」『国語の研究』第七号、一九七二年一〇月号

第四章

大達茂雄伝記刊行会『大達茂雄』一九五六

石川達三「文学者の政治的発言」『世界』一九五四年四月号
桑原武夫「日本の教育者」『中央公論』一九五九年三月号
阿部知二「歴史と人間教育（日本の教育第六集）」国文社、一九五七
平林たい子「石川達三論」『群像』一九五九年八月号
進隆「「人間の壁」のリアリティとアレゴリイ」『文学』一九五九年十一月号
古川照子「「人間の壁」の方法について」『文学』一九五九年一一月号
菱村幸彦『戦後教育はなぜ紛糾したのか』教育開発研究所、二〇一〇
大田堯『戦後日本教育史』岩波書店、一九七八
『日教組十年史』日本教職員組合、一九五八
『朝日年鑑一九九六年版』朝日新聞社、一九九六

第五章

石川達三『親知らず』中央公論社、一九五五
上野千鶴子『主婦論争を読むⅠ』勁草書房、一九八二
三島由紀夫「創作合評『充たされた生活』」『群像』一九六一年九月号
鹿野正直『現代日本女性史』有斐閣、二〇〇四
武田晴人『高度成長』岩波新書、二〇〇八

第六章

『松本清張全集』第三一巻、文藝春秋、一九七三
松本清張『日本の黒い霧』文春文庫、一九七四
石川達三・松本清張「権力は腐敗する」『潮』一九六七年新年号
室伏哲郎『汚職の構造』岩波新書、一九八一
室伏哲郎『実録日本汚職史』ちくま文庫、一九八八
緒方克行『権力の陰謀』現代史出版会、一九七六
伊藤昌哉『池田勇人とその時代』朝日文庫、一九八五

第七章

石川達三『私の少数意見』河出書房新社、一九六七
石川達三『私ひとりの私』文藝書房新社、一九六五
J・J・ルソー『社会契約論』岩波文庫、一九五四
中村隆英『昭和史Ⅱ』東洋経済新報社、一九九三

終　章

石川達三『若者たちの悲歌《エレジィ》』新潮文庫、一九八七
NHK放送文化研究所『現代日本人の意識構造』第六版、NHK出版、一九八八

あとがき

いきなり私ごとで恐縮だが、筆者がはじめて石川達三の作品を読んだのは、昭和三十二年の夏頃から『朝日新聞』に連載された『人間の壁』だった。当時私は受験勉強中で、その合間にこの連載小説を読むのが何よりの息抜きであり、楽しみだった。連載は長期にわたったので、大学生になってからも大学図書館や喫茶店や下宿などで読み続けたことを覚えている。後にも先にも、新聞小説をほとんど欠かさず最後まで読み終えたのはこの小説だけである。それほど『人間の壁』には関心を引きつけるものがあったし、また、日本の教育の状況についても初めて注意を払う契機となった。

石川達三にはベストセラーとなった話題作が何冊もあるが、しかし、彼は日本文学の主流であるどころか、言ってみれば傍系に属する作家である。おまけにその作品は純文学の範疇から外れて、大衆小説とか通俗小説と呼ばれることすらある。彼自身、自分の作品が小説であろうとなかろうと気にしないと発言して、第一回芥川賞受賞作家にしてはあまり穏当とも思えないことばを平気で使ったりした。

いずれにしても、今日の時点で石川文学を評価するとすれば、日本文学の伝統にあっては数少ない社会小説という特徴を持った作家ということだろう。その社会小説について、彼は山崎豊子との対談（「社会小説を生み出す秘密」、『週刊朝日』昭和四十一年三月十一日号）のなかで、こんな会話を交わしている。

山崎　わたくし『白い巨塔』以来、だれがおつけになったのか、〝おんな石川〟ということで。（中略）社会小説を書くと先生の名がつくんですから、先生は社会小説の教祖じゃないんですか。

石川　まさか。明治時代からいろいろ社会小説はあるでしょうけどね。

（中略）

山崎　『蒼氓』のときから、わりかた社会小説が多うございますね。それは意識して？

石川　意識してって、やっぱり自分で興味があるんですな。

山崎　わたくしも〝空が青い〟という一つのことを三十枚に書くより、小説のなかに問題をみつけて、それに取組んで、書きたいと思うことを書きたい。そうでないと、あんまり情熱がわかないほうなんです。

石川　それ、人間のタチじゃないかな。そういうものに情熱を感じて意欲を燃やす人と、燃えない人とね。タチだろうと思うんですな。私小説がいい悪いというよりも、小説に情熱をもつ人と、もたない人とある。それもタチでしょうね。

彼は「社会小説の教祖」とまで祭り上げられているのだが、それはともかく、本書は、このような石川文学を積極的に評価する立場から書かれている。言いかえれば、日本の作家は、「私」という狭い世界に自閉するのではなく、もっと社会的動向に関心を持って、それを小説に反映すべきだというのが本書の立場である。

石川の社会小説の背景には、社会的出来事についてつねに眼を向けている、彼の旺盛な関心があったことは間違いない。この対談では、社会小説を書くかどうかを決めるのは「人間のタチ」だと言われているが、そういう作家の体質の問題よりも、時代の動きに対する感覚と表現力の問題であろう。実際彼は、日々生起する社会の出来事について多くの論評や意見を発表している。しかし、作家は小説作品が基本であって、小説以外の文章は余分な仕事だと言えないこともない。だが、作家は鋭敏な評論家であることも事実である。たとえば、次に引用する文章は、いまから四〇年以上も前に書かれたものだが、社会派作家としての石川が独得の感覚で現代社会を批判したもので、平成時代も四半世紀過ぎた今日の日本への厳しい警告として耳を傾けるべきものとなっている。彼は権力の座にある者は憲法も平気で蹂躙するとして、こう書いている。

権力者が法律違反の行為をしようとする時には、事前に幾つかの準備をする。破壊活動防止法のような法律をつくる。集会を規制する法律や街頭示威運動を規制するような法律をつくる。その次に言語の自由を制限する。そのようにして民衆の抵抗する手段を封鎖しておいて、権力者は最終目的たる法律を改正し、思うがままの行動をとる。（『生きるための自由』）

ここで言われている「最終目的たる法律の改正」とは、まさしく憲法改定のことである。引用文に欠けている「閣議決定」という項目を追加すれば、現在の自公内閣が実際にやっていることの見事な予見となっている。

筆者は数年前に、『高見順——昭和の時代の精神——』を上梓した。このなかで取り上げたのは、高見順の主として戦前を扱った小説であり、それゆえ、昭和の時代とは言っても戦前に限定されたものだった。高見の場合、時代の影響は彼の心のなかに深く沈潜して、転向体験から来る重い精神の鬱屈といったものが作品世界を支配していた。石川達三は高見順よりも二歳先輩であり、戦前を時代背景とした作品も少なくないが、何と言っても戦後の昭和時代を扱った作品こそ、その本領を発揮したと見なすことができる。

最後に、二〇一六年初めに報道された『月刊毎日』について簡単に触れておきたい。この雑誌は一九四四年十一月号から四五年八月号まで、毎日新聞北京市局内の「月刊毎日社」が発行していたもので、全一〇号のうち、四五年五、六月号を除く八号分が北京大学に存在するという。そして、一九四五年八月号に石川達三の『沈黙の島』という短編が発表されている（『新潮』二〇一六年二月号に掲載）。

この作品は、日本軍の補充部隊に所属する「私」が、レイテ島に向かう途中で敵軍の大空襲を受けて、ある小島に流れ着く。ところが、不思議なことに、この島の住民が誰もことばを発しない。大酋長によってことばを禁じられたのだが、そのせいで、またたく間に全員が精気を失ってしまい、ただ無気力に暮らしている。そして、もう一つの島である表島の攻撃を受けるが、刃向かうものはもう誰もいない。ことばを失った民衆の悲劇が鮮明に描かれたこの短編は、終戦まぎわの石川達三の心境が巧みに表現されている。日本を離れた北京の地でこういう作品を発表した作者の強い意志に驚きを禁じえない。

実は序章の部分で、戦争中の石川達三のことを書くかどうかずいぶん迷っていたのだが、「はじめに」で『遺書』を、そして第一章では『成瀬南平の行状』について少し触れたので、やめておこうと思っていた。そして、『沈黙の島』のことが伝わったので、これをもって、この時期のことは省略することにした。

本書を構成しているのは主として雑誌『りべるたす』に発表したものであるが、本書に掲載するにあたってかなり書き改めた。念のため初出一覧を示しておく。

第一章「石川達三における戦後小説の出発」『りべるたす』第二三号、二〇一一年

第二章「戦後女性の生き方」『りべるたす』第二四号、二〇一二年

第三章「文学と歴史のあいだに」『ことばとそのひろがり（五）』二〇一三年

第四章「石川達三『人間の壁』論（上・下）」『りべるたす』第二六・二七号、二〇〇一四・二〇一

五年
第五章「石川達三『充たされた生活』論」『りべるたす』第二五号、二〇一三年
第六章「政治的小説の条件」『りべるたす』第二六号、二〇一四年

それ以外の序章、第七章、終章は今回新たに書き加えた。

萌書房の白石徳浩さんには、『高見順』に引き続いて大変お世話になった。全体を通して原稿に見ていただき、貴重な意見を頂戴したことに厚くお礼申し上げたい。

二〇一六年四月

川上　勉

■著者略歴

川上　勉（かわかみ　つとむ）

昭和13（1938）年石川県に生まれる。

早稲田大学文学部仏文科卒業。立命館大学名誉教授。

著書に，『ヴェルコールへの旅』（昭和堂），『ヴィシー政府と「国民革命」』（藤原書店），『現代文学理論を学ぶ人のために』（編著：世界思想社），『高見順』（萌書房），訳書にルイ・アラゴン『文体論』（講談社），ルイ・アラゴン著／マルク・ダシー編『ダダ追想』（萌書房）などがある。

石川達三　昭和の時代の良識

2016年6月20日　初版第１刷発行

著　者　川　上　　勉
発行者　白 石 徳 浩
発行所　有限会社 萌《きざす》　書　房
〒630-1242　奈良市大柳生町3619-1
TEL（0742）93-2234 / FAX 93-2235
［URL］http://www3.kcn.ne.jp/~kizasu-s
振替　00940-7-53629

印刷·製本　モリモト印刷株式会社

ISBN978-4-86065-104-6